KB273494

내 어머니의 연대기

© 이노우에 야스시, 2012

2012년 5월 2일 초판 1쇄 발행
2013년 1월 25일 초판 2쇄 발행

지은이 | 이노우에 야스시
옮긴이 | 이선윤
펴낸이 | 우찬규
펴낸곳 | 도서출판 학고재

주소 | 서울시 종로구 계동 101-12번지 신영빌딩 1층
전화 | 편집 (02)745-1722 영업 (02)745-1770 팩스 (02)764-8592
홈페이지 | www.hakgojae.com
ISBN 978-89-5625-174-5 03830

내 어머니 연대기

이노우에 야스시
井上靖
소설

학고재

차례

내 어머니의 연대기

꽃나무 아래에서

달빛

설면雪面

꽃
나
무
아
래
에
서

1

아버지는 5년 전, 여든 살에 돌아가셨다. 지난날 군의관으로 복무하다 소장 승진과 동시에 전역하여 고향인 이즈(伊豆)로 낙향하셨다. 당시 나이 마흔여덟이었다. 그후 30여 년간 뒷마당의 작은 텃밭을 일구며 어머니와 함께 채마밭을 일구며 소일하셨다. 군문에서 나오셨을 때 얼마든지 개업할 만한 나이였지만 그런 뜻은 전혀 없었다. 태평양전쟁이 시작되자 군에서 운영하는 병원이며 요양소들이 여기저기 들어섰다. 군의관이 부족했던 때라 그런 시설의 원장으로 와달라는 제안도 몇 번 받았으나, 아버지는 나이가 들었다는 이유로 응하지 않았다. 한번 벗은 군복을 다시 입을 생각은 없었던 것 같다. 연금이 나와 먹고사는 데 지장은 없었지만 물자가 부족했던 시절이라 부모님의 생활은 어둡고 궁핍한 분위기를 띠기 시작했다. 당시 아버지가 병원에서 일을 했다면 부모님은 이와는 전혀 다른 노년을 보냈을 것이다. 경제적으로 여유가 생겼을 테고 여러 사람과 만나고 어울리면서 살아가는 활력도 얻었을 것이다.

아버지께서 군병원에서 일하지 않겠느냐는 제안을 받았다는 사실을 나는 어머니의 편지를 통해 알았다. 이 제안을 수락하시라는 말씀을 드려볼 작정으로 고향을 찾았으나 말도 못 꺼내고 돌아왔다. 낡은 작업복을 헝겊으로 덧대어 입고, 예순이 넘어 갑자기 여윈 몸을 이끌고 뒷마당 텃밭으로 향하는 아버지의 뒷모습은 아닌 게 아니라 사회와 완전히 연을 끊은 느낌이었다. 어머니 말로 아버지는 고향에 은거하기 시작한 이래 외출은 손에 꼽을 정도로 적었다. 찾아오는 마을 사람을 불쾌한 낯으로 맞지는 않으셨지만 당신이 직접 이웃을 방문하는 일은 없었다. 한두 집 건너 친척집이 서너 군데나 있었는데도 문상이 아닌 이상 얼굴을 비치는 일도 없었다. 그뿐만 아니라 집 앞 길에 나서는 것조차 피하는 모양이었다.

아버지에게 일종의 대인기피 증세가 있다는 사실은 나도 형제들도 모두 알고 있었다. 자식들이 도시로 나가 각자 가정을 꾸리고 멀

어져 있던 사이에 그런 성향은, 특히나 고령이 되어가면서, 우리 생
각보다 훨씬 심해져 있었다.

그런 분이니 자식들이 자신을 모실 거라는 생각은 해보지도 않았
을 터였다. 또한 연금만으로도 입에 풀칠은 할 수 있었겠지만 패전을
기점으로 시대가 완전히 바뀌어 있었다. 연금 지급이 정지된 시기도
있었으며, 이후 재지급되었다고는 하나 액수가 줄었을뿐더러 돈의
가치 자체가 완전히 달라져 있었다. 나는 아버지께 매월 얼마간 돈을
보냈지만 아버지는 그걸 원치 않은 듯하다. 조금 과장해서 말한다면
죽을 만큼 싫었을지도 모른다. 아버지는 한푼도 낭비하지 않았다. 여
유 있게 송금을 해드려도 최소한의 생활비 이외에는 한푼도 쓰지 않
았다. 전쟁이 끝난 후에도 밭일을 하며 닭을 기르고 미소(일본식 된장
―옮긴이)를 만들고 살아가면서 음식에는 돈을 쓰지 않았다. 각자 사
회인으로 자립해서 살아가는 아들딸들은 그런 아버지와 마주할 때
마다 제발 그러지 말아달라고 얘기했으나 아버지의 살아가는 방식
을 바꿀 수는 없었다. 우리 남매들은 부모님이 조금이라도 만족스러
운 만년을 보내길 바랐지만 송금을 해도 쓰지 않으셨고, 옷이나 이불
등을 보내도 어딘가에 넣어두고 거의 쓰지 않으셨기에 결국은 음식
이나 해 보낼 따름이었다. 음식은 먹지 않으면 상해버리므로 아버지

도 드셨고 어머니도 드실 수밖에 없었던 것이다.

　아버지의 80년 생애는 청렴했다고 할 수 있을 것이다. 남에게 은혜를 베풀지는 않았지만 원한을 사는 일도 없었다. 30년의 은거 생활을 생각해보면, 더럽혀지고 싶었다 해도 그럴 수도 없었을 것 같다. 돌아가신 후 저금통장을 보니 아버지와 어머니의 장례식 비용으로 적당한 금액이 남아 있었을 뿐이다. 양자였던 아버지는 당신이 할아버지께 물려받은 집과 땅을 장남인 내게 남겨주셨다. 육군에 복무하던 시절에 산 가재도구 대부분은 전쟁이 끝난 후에 팔아버렸는지 값나가는 물건은 무엇 하나 남아 있지 않았다. 대신 집안 대대로 내려오던 물건들은 액자나 장식품들까지 고스란히 보존되어 있었다. 아버지는 재산을 한푼도 늘리거나 축내지 않았던 것이다.

　나는 어렸을 적에 아버지, 어머니와 떨어져 할머니 손에서 자랐다. 할머니라고는 해도 피가 통하는 친척은 아니고, 의사였던 증조할아버지의 첩이었던 '누이'라는 여성이었다. 누이 할머니는 증조할아버지가 돌아가신 후에 우리 집 호적에 올라, 내 어머니의 양어머니로서 분가했다. 물론 이는 증조할아버지의 유언에 따른 것으로 평생을 멋대로 살아오신 할아버지에게나 어울리는 행동이었다.

　　　　　　　　　　　　　　　　　　　　　　내 어머니의 연대기

따라서 이 누이 할머니는 호적상으로는 나의 할머니였다. 나는 이 할머니를 '오누이 할머니'(접두어 '오'는 존경, 친애의 뜻—옮긴이)라고 불러서 당시 살아 계시던 친증조할머니나 진짜 외할머니와 구별했다. 증조할머니는 '큰할머니'라고 부르고 외할머니는 그냥 '할머니'라고 불렀다. 내가 '오누이 할머니'의 품에서 자란 특별한 이유는 없었다. 당시 아직 젊던 어머니가 내 여동생을 임신했을 때 도와줄 사람이 없기도 해서 잠시 나를 고향의 '오누이 할머니'에게 맡겼는데 그후에 유년 시절을 오누이 할머니와 보내게 되었던 것이다. '오누이 할머니'로서는 나를 데리고 있음으로써 불안정한 입지를 조금이나마 다질 수 있었을 터였고, 고독한 노파로서 나에게 깊은 애정을 쏟았으니만큼 나를 떠나보내기 어려웠으리라. 또 나는 나대로 대여섯 살 때의 일인지라 할머니를 따르게 된 이상 부모님 곁으로 돌아갈 마음이 사라져버렸다. 사실 이는 자연스러운 일이었다. 부모님들 또한 여동생 다음으로 남동생이 태어날 시기였기 때문에 돌아오고 싶어 하지 않는 나를 굳이 곁에 두려 하지 않았다.

'오누이 할머니'가 돌아가신 것은 초등학교 6학년 때였다. 나는 처음으로 고향을 떠나 부모님과 형제들이 있는 본가로 들어가게 되었다. 그리고 아버지의 부임지에 있는 중학교에 진학했는데 아버지가 전근을 가는 바람에 가족과 함께 생활한 기간은 채 1년도 되지 않았다. 나는 고향에 가까운 소도시의 중학교로 전학하여 기숙사에 들어가야 했다. 중학교를 졸업한 후에는 1년간의 재수생 시절과 고교 시절 1년을 합쳐 총 2년간을 가족과 함께 지냈다. 하지만 이 시절도 아버지의 전근으로 금세 끝나고 이후로는 부모님하고 남매들과 함께 생활할 수 없었다. 따라서 나는 아버지 곁에서 함께 생활할 인연이 없는 자식이었지만 아버지는 항상 데리고 있던 세 아이들과 나를 아무런 차별 없이 대하셨다. 어떤 경우에도 공평했고 자연스러웠다. 멀리 떨어진 곳에 두고 키워 애정이 적다든가 곁에 두고 길렀기에 애정이 깊다든가 하는 일은 전혀 없었던 것 같다. 자신의 피붙이와 친척 아이들을 놓고 보아도 마찬가지였다. 누구에게나 고루 애정을 나누어주셨다. 심지어 혈연으로 엮이지 않은 최근에 알게 된 사람들이라도 아들딸과 차별 없이 대하셨다. 그러한 아버지는 자식들에게 차갑고 제삼자에게는 따뜻한 분으로 보였다.

아버지는 일흔 살에 암에 걸렸다. 수술은 성공했지만 10년 후에 재발하여 반년가량 병상에 누워 있었고 점차 쇠약해졌다. 고령인 탓에 수술은 보류할 수밖에 없었다. 죽음의 사신이 문턱에 이르렀고 오늘내일 하는 날이 한 달 가까이 계속되었다. 자식들은 각기 상복을 고향 집으로 날랐고, 환자의 최후를 기다리는 듯한 모습으로 고향과 도쿄 사이를 왕복했다. 나는 아버지가 돌아가신 전날에 병문안을 하러 내려갔다가 아직 4, 5일은 버틸 거라는 의사의 말에 그날 밤 도쿄로 돌아왔는데, 그사이에 아버지는 숨을 거두셨다. 최후까지 아버지의 정신은 맑았으며 문병 온 손님들에게 대접할 식사부터 사망 통지에 이르기까지 주위 사람들에게 자세히 주의를 주셨다.

아버지와 마지막으로 만났을 때, 나는 지금 도쿄로 돌아가는데 2, 3일 지나면 다시 올 거라고 인사를 드렸다. 아버지는 이불 속에서 여윈 오른손을 꺼내어 내밀었다. 지금까지 이런 일은 없었기 때문에 나는 순간적으로 아버지가 무엇을 원하시는지 가늠할 수 없었다. 나는 두 손으로 아버지의 손을 감쌌고 아버지 역시 내 손을 감싸 쥐었다. 두 손은 서로 가볍게 쥐고 있는 상태가 되었는데 다음 순간 내 손이 가볍게 튕겨져 나가는 느낌을 받았다. 낚시를 할 때 낚싯대 끝에서 꿈틀하고 느껴지는, 물고기가 미끼를 물 때의 바로 그 느낌이었다. 나는 깜짝 놀라 손을 뺐다. 어떻게 이해해야 좋을지 모르겠지만 분명 거기엔 아버지의 의지가 담겨 있는 느낌이 들었다. 까불면서 아버지의 손을 잡았는데 웃기지 말라며 뿌리침을 당한 듯이 가슴이 휑했다.

이 사건은 아버지의 죽음으로부터 여러 날이 지난 후에도 한동안 뇌리에서 떠나지 않았다. 나는 이 일에 집착하여 이런저런 생각을 해보면서 시간을 보내기도 했다. 아버지는 자신의 죽음이 가까워졌음을 알고 피붙이로서 마지막 애정을 표하려 했는지도 모른다. 하지만 내 손을 잡은 순간 문득 그런 감정 변화에 혐오감을 느낀 걸까. 나에게는 이런 설명이 가장 자연스럽게 느껴졌다. 만약 그렇지 않다면, 아버지는 당신을 응대하는 나의 손 움직임이 마음에 들지 않았는지도 모른다. 둘 중 어느 쪽이라 해도 아버지가 내 손을 거의 느낄 수 없을 정도로 미미하게 밀쳐냄으로써 갑자기 가까워졌던 거리를 순식간에 이전으로 돌려버렸다는 사실만은 확실했다. 나는 그런 아버지를 아버지답다고 생각했고, 아버지다운 일이었으므로 괜찮다고 생각했다.

그러나 한편으로는 내가 아버지의 손을 밀쳐낸 것은 아닌가 하는 생각도 떨쳐낼 수 없었다. 손을 떼어낸 사람이 혹시 나였을지도 모르는 일이었다. 물고기가 미끼를 무는 차가운 느낌을 아버지는 전혀 모르며 모든 일은 내가 감당해야 하는 건지도 몰랐다. 그렇지 않다고 단언할 증거는 없었다. 이제 와서 새삼스럽게 응석을 부리는 것은 당신답지 않다. 자식인 나 따위에게 손을 내밀어서는 안 된다. 그리고 나는 일단 잡은 아버지의 손을, 살짝 아버지 쪽으로 밀어서 보

   내 어머니의 연대기

냈을지도 모르는 것이다. 이런 식으로 생각할 때마다 무척 괴로웠다.

하지만 나는 이 작은 사건의 진상을 고민하는 일에서 마침내 해방될 수 있었다. 이 해방은 예고도 없이 문득 나에게 찾아왔다. 아버지도 무덤 안에서 당사자들 외에는 아무도 모르는 미묘한 접촉의 의미를 생각하고 있을지도 모른다 싶었을 때 나는 갑자기 자유로워지는 듯했다. 아버지도 저세상에서 작은 물고기가 꿈틀하던 느낌을 두고 생각에 잠겨 있을지도 모른다. 나는 처음으로 아버지 생전에 느끼지 못했던 자식으로서의 자의식을 느꼈다. 새삼스레 나는 아버지의 자식이며 아버지는 내 아버지라는 생각이 들었다.

아버지가 돌아가시고 나서 내가 아버지를 닮았다는 생각에 사로잡힐 때가 있었다. 아버지가 생존해 계실 때는 나 자신은 물론이고, 주위 사람들도 내 성격이 아버지와는 딴판이라고 생각했다. 나는 학창 시절부터 의식적으로 아버지와 반대로 생각하고 반대로 살아가려 자신을 채찍질해왔지만 그건 별개로 치더라도 내가 아버지를 닮았다고는 도저히 말할 수가 없었다. 아버지는 젊었을 때부터 대인기피증이 있었는데 나는 항상 친구들에 둘러싸여 있었다. 학창 시절에는 운동부 선수였으며 내심 언제나 떠들썩한 원의 중심에 자신을 두려고 했다. 그런 성향은 대학을 나와 사회인이 되어서도 계속

되어, 은거 생활에 들어간 아버지 나이에도 아버지처럼 고향에 틀어박혀 누구와도 교제하지 않으면서 지낸다는 것은 생각할 수도 없는 일이었다. 나는 40대 중반에 신문사를 퇴직하고 문필가로 새롭게 출발했는데, 아버지는 이와 비슷한 나이에 사회와 교류를 끊어버렸던 것이다.

그런데 아버지가 돌아가시고 나서는 특별할 것 없는 순간에도 문득 내 안에 아버지가 있음을 느끼게 되었다. 툇마루에서 마당에 내려서려 할 때 나는 문득 자신이 아버지와 같은 모습으로 발을 뻗어 마당에서 신는 게타(下駄: 일본의 나막신—옮긴이)를 찾고 있음을 깨닫는다. 거실에서 신문을 펼쳐들고 구부정한 모습으로 보고 있을 때도 마찬가지다. 담뱃갑을 들어 올리는 동작도 아버지와 똑같다는 걸 알아차리고는 나도 모르게 일단 들어 올린 담뱃갑을 내려놓을 때도 있다. 매일 아침 세면대 거울 앞에서 안전 면도기로 면도를 하는데 비누 묻은 브러시를 수도꼭지 앞에서 닦고서 손가락으로 끝부분의 물기를 짤 때도 내가 아버지와 똑같은 동작을 하고 있는 게 아닌가 되묻곤 한다.

이런 몸짓이나 습관이 아버지를 닮은 거야 그렇다 쳐도, 내가 아버지와 똑같은 사고방식에 빠져 있는 것은 아닌가 생각할 때도 있었다. 나는 일을 하고 있을 때 몇 번인가 책상에서 일어나 툇마루의 등

  내 어머니의 연대기

나무의자에 앉아 일과는 전혀 관계없는 생각을 하곤 한다. 그럴 때면 늙은 느티나무가 가지를 사방으로 뻗은 모습을 바라보는데, 아버지 또한 마찬가지였다. 고향 집 툇마루에서 등나무의자에 기대 앉아 언제나 수목들의 가지를 바라보고 있었다. 문득 나는 눈앞에 있는 깊은 연못이라도 바라보고 있는 듯한 생각에 빠진다. 아버지도 지금 이 생각에 잠겨 있지 않았을까 여기며 감개에 젖는다. 이렇게 나는 내 안에 아버지가 있음을 느끼고 아버지라는 한 인간을 생각하는 일이 잦아졌다. 늘 마음속에서 아버지와 대면하고 자주 이야기하게 되었다.

살아 계셨던 아버지가 죽음으로부터 나를 보호하는 역할을 해주고 있었음을 나중에야 알게 되었다. 아버지가 살아 계셨을 때 나는, 아버지도 아직 살아 계시는데 뭘, 하고 생각했다. 물론 의식하지 않았지만 그런 기분이 마음속에 잠재해 있었기에 자신의 죽음은 생각해본 적이 없었다. 그런데 아버지가 돌아가시고 나자, 갑자기 죽음과 나 사이를 가로막고 있던 막이 사라지고 시야가 트이면서 어쩔 수 없이 죽음이라는 해면(海面)의 일부를 바라볼 수밖에 없게 되었다. 다음은 나라는 기분이 들었다. 아버지가 돌아가시고 나서 처음으로 깨닫게 된 일이었다. 아버지가 살아 계시다는 것만으로 자식인 나는 아버지로부터 든든하게 보호받고 있었던 것이다. 그러나 이런

것은 아버지 본인의 의사와는 관계없는 일이었다. 여기에는 인간적
인 배려도 부모자식 간의 애정의 문제도 없었다. 오로지 아버지와
아들이라는 관계에 기인한 것으로, 이야말로 부자관계의 가장 순수
한 의미이리라.

나는 아버지가 돌아가시고 나서 내 죽음을 그리 멀지 않은 미래
의 사건으로 생각하게 되었다. 하지만 어머니가 아직 건재하셨으므
로 죽음이라는 해면의 반은 어머니에 의해 막혀 있었고, 어머니가 돌
아가시고 나서야 나와 죽음 사이를 가로막던 막이 완전히 사라질 터
였다. 그때 죽음은 현재와는 또 다른 자유로운 흐름으로 내 앞에 나
타날 것이다.

어머니는 지금 아버지가 돌아가셨던 나이가 되셨다. 그러니까 아
버지와 다섯 살 차이였으므로 올해 여든 살이다.

2

아버지가 돌아가신 후에 어머니의 거취가 바로 문제가 되었다. 어
머니는 고향 집에 혼자 남겨졌다. 우리 네 남매 중에서 첫째 여동생
은 미시마(三島)에 살았고 나와 남동생, 둘째 여동생은 도쿄에서 생

 내 어머니의 연대기

활했다. 어머니는 아버지가 은거한 이래 30년이나 살아온 정든 고향을 떠날 생각은 털끝만큼도 없었지만 아들딸 입장에서는 늙은 어머니를 언제까지 혼자 내버려둘 수는 없는 일이었다. 어머니는 체구는 작은 편이었지만 무척 건강하셔서 허리도 굽지 않았고 조금 움직인 후에는 볼의 혈색도 좋아져서 고령이라는 생각은 들지 않았다. 안경 없이 신문을 읽을 만큼 눈도 좋았고 어금니가 한두 개 빠지기는 했지만, 틀니는 한 개도 없었다. 몸은 꼿꼿했으나 아버지가 돌아가시기 2, 3년 전부터 건망증이 심해져 같은 이야기를 두 번 세 번 되풀이하곤 했다. 어머니를 홀로 남겨두고 가는 아버지는 상당히 걱정이 되었는지 숨을 거둘 때까지 얼굴을 마주하는 사람들에게 어머니를 부탁했다. 당시에는 이해할 수 없었는데 어머니가 혼자되시고 나서는 아버지의 걱정을 이해할 수 있었다. 어머니와 떨어져 지낼 때는 몰랐지만 잠시 함께 생활해보니 노쇠가 어머니의 두뇌를 심하게 좀먹고 있음을 실감할 수 있었다. 5분이나 10분 정도 마주보고 이야기하는 것만으로는 잘 알 수 없었지만, 1시간만이라도 같이 있다 보면, 어머니 입에서는 몇 번이고 똑같은 이야기가 흘러나왔다. 그 말을 꺼냈던 일이나 상대방의 대답을 순간 잊어버리는 듯했다. 잠시 후 같은 이야기를 반복했다. 이야기 자체는 조금도 이상하지 않고, 아버지와는 달리 젊어서부터 사교적이었던 어머니라면 내놓을 만한 화제들이었다. 남의 안부를 물을 때에도 어딘가 부드러움을 띤 어머니의 성격이 드러나는 질문을 던졌다. 따라서 그 이야기를 딱 한 번 들어서는 어머니의 두뇌가 노화로 녹이 슬기 시작했다는 생각은 아무도 하지 못했다. 단지 한마디도 변함없는 말을 똑같은 표정으로 하기 시작하면 그제야 이상이 있음을 인정하지 않을 수 없었다.

어머니는 아버지의 일주기가 지날 때까지 집안일을 도와주는 손녀뻘 되는 어린 아가씨와 고향 집에서 살았다. 그리고 일주기가 지나자 옥신각신한 끝에 마지못해 도쿄로 이사해 막내딸인 구와코의 집에 기거하게 되었다. 이런저런 사정으로 시댁에서 나와 미장원을 개업하고 자립해나가던 구와코가 어머니를 모시고 살게 되었던 것이다. 도쿄에는 나와 남동생도 있었지만 어머니는 며느리 신세를 지기보다 딸들에게 의탁하는 편을 희망했다. 딸 집에 머무르는 것이 도쿄로 이사 오는 조건이었다.

도쿄로 오고 나서 어머니는 같은 이야기를 한층 더 자주 반복했다. 구와코는 우리 집에 들를 때마다 그런 어머니 때문에 애태운 애기를 했다. 실제로 고장 난 레코드 판처럼 아침부터 밤까지 같은 소리를 반복해서 들어야 한다면 얼마나 답답할까. 나는 여동생을 한숨 돌리게 할 생각으로 가끔씩 어머니를 우리 집으로 모셨다. 그러나 하룻밤 주무시고 나면 이튿날 아침에는 벌써 여동생 집으로 돌아가고 싶어 하셨다. 억지로 잡아두어도 사흘을 넘기지 않았다. 나와 식구들도 어머니의 기억력 감퇴와 같은 이야기를 반복하는 증상이 우리 집에 오실 때마다 심해진다는 사실을 알 수 있었다.

"할머니는 결국 고장이 나셨군."

대학에 다니는 큰아들이 이렇게 말했다. 실제로 어머니를 보고 있으면 고장 난 기계라는 느낌이 들었다. 병들어 있는 게 아니라 신체 일부가 망가진 것이다. 당연히 망가지지 않은 부분도 있어서, 그만큼 다루기 어려운 면도 있었다. 망가진 부분과 망가지지 않은 부분이 서로 섞여 있어서 구분하기 어려웠다. 기억력 감퇴가 심했지만 잊지 않고 기억하는 일도 있었다.

어머니는 우리 집에 머물 때에는 하루에도 몇 번씩 내 서재에 들렀다. 특유의 슬리퍼 소리를 내면서 복도를 걸어오기 때문에 나는 어머니가 오고 있음을 금방 알 수 있었다. 잠깐 들어갈게요, 하고 남을 대하듯 거리감 있는 말투로 어머니는 방에 들어온다. 한번 자네한테 말을 해두려고 생각했는데, 라고 말을 꺼내고는 내가 이미 몇 번이나 들은 얘기를 꺼낸다. 고향의 어느 어느 집 딸이 결혼을 해서 선물을 보내야 한다든가, 누가 이런 얘기를 했으니 알아두었으면 한다든가, 그런 이야기다. 우리한테는 별 대수롭지 않은 용건이지만 그걸 잊지 않고 몇 번이나 반복하는 것으로 미루어 어머니에게는 소중한 용건임에 틀림없었다.

몇 번째인가 서재에 얼굴을 내밀었을 때에는 혹시 전에 이 용건으로 찾아왔던가 생각하는 듯, 어머니는 자신 없는 표정과 주저하는 기색을 보였다. 저기 말이야, 라고 하면서 말을 걸어올 때 이쪽에서 먼저 어머니가 이야기하려는 내용을 말하면 역시 내가 이 얘기를 했구나, 하고 아가씨처럼 수줍은 얼굴을 한다. 그리고 말을 얼버무리고 방을 가로질러 복도로 나가 뭔가 볼일이라도 생각난 듯이 게타를 발에 걸치고 마당으로 나간다. 조금 지나자 어머니가 누군가와 얘기하는지 쾌활하고 근심 없는 웃음소리가 마당 쪽에서 들려온다. 하지만 또 한두 시간 지나면 어머니는 같은 이야기를 하기 위해 내 방으로 들어오는 것이다.

같은 이야기를 몇 번이나 한다……. 이는 어머니가 그 일에 이상할 정도로 깊은 관심을 갖고 있다는 뜻이었다. 물론 그 원인을 제거한다면 분명 관심을 돌릴 수도 있을 터다. 나도 식구들도 그렇게 생각하고 노력해보기도 했다. 어디 어디에 선물한다는 것이 어머니의 관심사인 경우에는 아내 미쓰가 어머니께 물건을 보여드리고 당신 눈앞에서 포장을 하여 우체국에서 부치도록 도우미 아주머니에게 맡겼다. 하지만 그걸로는 어머니를 안심시키지 못했다. 그렇게 한다고 정말 보낼지 알게 뭐야, 어머니는 짐을 싸는 아내의 손끝을 의심스러운 눈길로 지켜보며 밉살스럽게 말했다. 그런 어머니에게는 귀여운 구석이라곤 찾아볼 수 없었다. 어머니는 행위 속에 흐르고 있는 자연스러운 부분과 마음 깊은 곳에 숨어 있는 일종의 책략적인 부분을 명확히 구분하고 있는 듯했다. 어머니는 마치 고집이라도 부리듯 그 일을 반복해서 말하곤 했다. 그런 면은 누구에게나 반항적으로 보였지만 사실 어머니는 반항을 하고 있지 않았다. 심술을 부리는 것도 아니었다. 한두 시간만 지나면 미쓰가 자기 앞에서 짐을 싼 일도 깨끗이 잊어버리는 것이다.

어머니의 머릿속에서 망가진 레코드 판이 언제까지나 같은 소리를 내면서 도는 것은 아니었다. 문득 그때까지 어머니를 사로잡은 거주자는 갑자기 사라져버리고 다른 거주자가 들어왔다. 어머니를 가장 잘 아는 여동생 구와코도 이전 거주자가 갑자기 사라진 이유를 알 수 없는 모양이었다. 어머니는 어제까지 반복하던 얘기를 돌연 어느 날부터 입 밖에 내지 않았다. 전처럼 그 일을 반복시키려 해봤지만 불가능한 일이었다. 이제는 완전히 달라져서 그 일에는 무관심한 태도를 보였다. 새로운 거주자가 어떤 계기로 어머니의 머릿속에 들어오는지도 알 수 없었다.

어머니가 반복하는 이야기에는 잡다한 일들도 포함되어 있었다. 이런 일을 해주었으면 하는 바람도 있었고 남들에게 이런 이야기를 들었다는 단순한 보고도 있었다. 또 먼 옛날의 회상과 경험담도 있었다. 왜 그것이 망가진 레코드 판의 언어로 어머니의 의식을 한동안 자극하는지는 불분명했다.

1893~94년(메이지 26~27년)경에 열일곱 살로 세상을 떠난 슌마라는 친척 소년의 이름을 어머니가 계속 꺼내고 있음을 눈치챈 것은 작년 여름이었다. 그날 밤 나는 손님을 츠키지의 요릿집에 초대했는데 집에 들어온 시간은 11시가 넘었다. 거실의 긴 의자에 앉자 옆방에서 아이들의 목소리에 섞여 어머니의 목소리가 들려와서 할머니가 와 계시네 하고 미쯔에게 말했다. 나도 식구들도 우리 남매들도 모두 어머니를 할머니라고 불렀다. 그래요, 무슨 바람이 부셨는지, 하고 미쯔는 웃으면서 말했다. 저녁에 구와코한테서 전화가 걸려왔는데 어머니가 신기하게도 우리 집에 가시겠다고 한다는 것이다. 하룻밤 주무시면 금방 이쪽으로 돌아오려 하겠지만, 일단 말을 꺼내

                                          내 어머니의 연대기

면 남이 뭐라고 해도 듣지 않으므로 차로 모셔다 드릴 테니 부탁한
다는 전화였단다.

"할머니가 슌마 할아버지를 좋아했던 건 알겠어. 그래도 늘 슌마
할아버지 얘기만 하는 건 싫어. 여든 살이나 돼가지고 그런 얘길 하
면 안 되는 거야."

"안 되는 거야"의 "야"에 길게 힘을 주어 고3인 둘째 아들이 말
하고 있다.

"좋아하는 건가."

어머니의 목소리다.

"어, 할머니 모르는 척하시네. 할머니는 슌마 할아버지를 좋아한
거잖아. 아니, 싫어했어요? 그치, 안 싫어했지?"

"슌마 할아버지라니, 할아버지는 아니지. 딱 네 나이 정도였는데."

"살아 있으면 지금 아흔 살 가까이 된 거잖아요."

"그럴까? 그럴 리가 없어."

"그러니까, 할머니와 일곱인가 여덟 살 차이잖아."

"그때 죽은 사람을 지금 살아 있다면 어떨지 말해 뭐해. 딱 너 정
도였다. 하지만 나이는 비슷했어도 너희들보다 훨씬 친절하고 머리
가 좋았어."

아이들이 와아 하고 내지르는 환성에 어머니의 목소리는 사라졌다. 누군가 뒤로 넘어진 듯 장지문이 소리를 냈다. 둘째 아들 말소리가 들렸지만 대학생인 큰아들 웃음소리도, 중학생 둘째 딸의 웃음소리도 들린다. 아이들 웃음소리에 섞여 분위기를 맞춰야 한다고 생각한 듯한 어머니의 웃음소리도 들려온다. 꽤 떠들썩하다.

"아이들이 할머니를 놀리면 쓰나."

내가 말하자,

"할머니가 문제예요. 여기 오실 때마다 아이들을 붙잡고 슌마 오라버니 슌마 오라버니 하면서 슌마 오라버니 이야기만 하시는데요, 뭐."

미쯔가 말했다.

"어떤 얘길 하는 거야?"

"슌마 오라버니는 친절했다든가 열일곱 살에 일고(一高: 현재의 도쿄 대학교 교양학부 및 치바 대학교 의약학부의 전신이 된 도쿄의 제일고등학교. 졸업생 대부분이 당시의 동경제국대학으로 진학했고 다양한 분야의 엘리트를 배출했다―옮긴이)에 들어갈 만큼 수재였다든가 살아 있었다면 대단한 학자가 되었을 거라든가…… 그러시니까 아이들도 놀리고 싶어지죠. 동생이었던 다케노리 오라버니에 대해서도 똑같이 자

   내 어머니의 연대기

랑을 하시는데 슌마 오라버니 정도는 아닌가 봐요. 요전에 아버님 기일 저녁식사에 할머니를 모셨잖아요. 그때도 슌마 오라버니 얘기만 하시기에 내가, 그렇게 슌마 오라버니 얘기만 하지 마시고 할아버지 얘기도 좀 해주셔야죠, 할아버지한테도 의리를 지키셔야 하는데, 하고 말했거든요.”

어머니가 그런 이야기를 한다는 것을 나는 전혀 몰랐다. 아내는 그걸 왜 모르느냐는 얼굴로,

“슌마 오라버니 이야긴 꽤 오래전부터 했어요. 들은 적 없어요? 자식인 당신 앞에서는 말을 안 하시려나? 할머니, 그 사람 좋아했던 거 같아요, 상당히.”

“놀랐는데. 전혀 모르는 얘기야.”

나는 말했다.

물론 나는 슌마와 그의 동생 다케노리라는 이름을 우리 집과 인연이 있는 친척으로 기억하고 있다. 어머니와는 오촌지간이었고 어머니의 아버지, 즉 외할아버지와 슌마 형제는 서로 사촌형제였다. 이 형제는 어려서 부모를 여읜 탓에 우리 집에 들어와 어머니와 함께 자라났다는데, 슌마는 제일고등학교에 들어가 곧 세상을 떠났고 동생 다케노리도 같은 학교에 다니던 중에 타계했다. 둘 다 열일곱 살

이었다. 일고에 들어갈 정도니 대단했지, 하고 어머니가 말하듯이 두 사람 다 수재였는지도 모른다. 고향에 있는 우리 가족 묘지에는 동남쪽 구석에 두 소년의 묘석이 나란히 놓여 있었다. 형 이름은 우리 집 성이 새겨져 있었고 동생 이름은 그대로였다. 나는 어려서부터 왠지 우리 집 묘지에는 진짜 가족이 아닌 사람들이 섞여 잠들어 있는 듯한 기분이 들었다.

어머니가 계속해서 슌마 이야기를 하는 걸 알고 나서부터 나는 은연중에 그 일에 주의를 기울였다. 집에서 몰랐던 사람은 나뿐이었고 어머니가 연인이기라도 한 것처럼 슌마 이야기만 하는 것은 도우미 아주머니도 알고 있었다. 그 얘기를 하자 구와코는 이렇게 말했다.

"할머니도 참. 내 앞에서는 절대 그런 얘긴 안 하는데. 한데 그 일은 고향 친척들 사이에서도 유명해요. 자식인 우리들한테 말을 안 하시는 이유는 아무래도 배려라 할까. 아직 그런 사리분별은 있으신 거지."

어머니가 슌마 얘길 한다고 해도 내용은 무척이나 단순했다. 친절했고 수재였다는 것, 어느 날 공부하고 있을 때 마당에서 툇마루로 다가가자 올라와도 괜찮다며 말을 걸어주었다는 것 정도였다. 당시 어머니는 일곱 살이나 여덟 살이었을 것이다. 올라와도 괜찮다고 상

내 어머니의 연대기

대방이 말을 걸어준 것이, 소녀였던 어머니에게는 평생 잊히지 않는 사건이었는지도 모른다. 어머니는 다른 얘기는 전혀 하지 않았다. 할 얘기가 있는데도 안 하는 게 아니라 달리 기억나는 게 없는 듯했다. 여러 관심사 중에서 이 슌마라는 사람에 대한 기억만은 언제까지나 머릿속에서 떠나지 않는 모양이었다. 그런 점이 어머니 머릿속의 다른 거주자들과 다른 점이었다.

우리 남매들은 모일 때마다 그 이야기를 화제로 삼았다. 어머니는 소녀 시절에 요절한 친척이었던 수재 소년을 좋아했던 거라는 데 모두들 동의했다. 달리 해석할 길이 없었다. 형은 성도 바꾸었을 정도였으니까 혹시 정혼자였을지도 모른다. 이런 얘기가 나올 때마다 꼭 누군가는 아무리 그래도 어머니가 남편이던 아버지와 평생을 함께한 일은 잊어버리고 만날 슌마, 슌마 하는 건 정말 너무하다고 말했다. 이 얘기는 언제나 웃음으로 끝을 맺었다. 여기에는 뭔가 이상한 느낌과 우리를 낳아주신 어머니가 생각지도 못했던 추억을 간직하고 있다가 이제야 드러냈다는 놀라움, 그리고 의표를 찔렸다 싶은 기분이 있었다.

이후 늙은 어머니의 모습은 지금까지와는 조금 다르게 비쳤다.

나도 우리 남매들도 어머니가 소녀 시절의 어슴푸레한 연정을 평생 가슴에 안고 살아왔다고 해서 불쾌하게 생각할 나이는 아니었다. 또 그걸 지하에 계신 아버지가 아신다 해도 당신도 우리와 마찬가지로 별 특별한 생각은 하지 않을 터였다. 응, 그랬나. 그걸로 끝이었을 것이다. 나를 비롯한 가족들도 모두 어머니를 참 어쩔 수 없는 할머니라고 말은 하면서도 70년이나 전의 일로 오히려 시원한 바람을 맞는 상쾌함을 느끼는 듯했다.

나는 아이들에게 할머니를 놀리지 못하게 했지만 집에 오면 할머니가 먼저 새로운 이야기라도 들려준다는 듯한 기세로, 슌마 오라버니가, 하고 말문을 여니 아이들도 처음에는 또 시작이네 하는 표정으로 상대를 하지 않다가도 끈질기게 계속 하시는 말을 듣다 보면 결국은 또 놀리게 된다. 어머니는 언제나 슌마 오라버니 이야기를 꺼낼 때, 독특한 부끄러움을 담은 표정을 하고서, 실은 말하지 않는 편이 좋은데 뭐 조금만 얘기해볼까 하며 일단 수줍은 처녀 같은 모습으로 이야기를 시작했다. 자신이 손자들에게 귀에 못이 박히도록 같은 얘기를 하고 있다는 사실은 잊어버리고 있기 때문에, 이야기를 꺼내는 태도에는 늘 처음과 같은 풋풋함이 있었다.

어머니가 슌마 오라버니 이야기를 시작하면 나는 당신의 얼굴을 바라보았다. 곤충 촉수의 움직임이라도 관찰하고 있는 양 흥미로웠다. 물론 어머니는 내 앞에서는 결코 그런 이야기를 안 한다. 그래서 어머니가 아이들과 이야기하고 있을 때 슬쩍 시선을 돌리는 수밖에 없었다. 어머니 표정에는 뻔뻔한 구석이라고는 조금도 없었고 일종의 망설임과 부끄러움, 그리고 이 이야기를 할 때에만 드러내는 일종의 골똘함 같은 것이 있었다. 어머니 얼굴을 보고 있으면 나는 정말 어머니가 소녀 시절 숨마 소년을 좋아했다는 생각이 들고, 그 사모의 마음을 이 연세가 되기까지 간직해왔다는 사실에 감동할 수밖에 없었다. 세월에 침식당한 어머니의 말이나 표정에는 처연함이 깃들어 있었다. 노인 특유의 낙천적인 웃음소리에도, 가끔 보이는 방심한 표정에도 이쪽이 한두 걸음 물러나 말없이 지켜봐야 할 듯한 부분이 있었다.

"아이를 낳은 부부 사이라도 여자의 마음은 알 수가 없다더니, 정말 그렇군."

나는 아내에게 이런 말을 한 적이 있다.

"글쎄, 그럴까요? 할머니가 좀 특별하신 게 아닐까 모르겠어."

미쯔는 그때 자신의 마음속을 탐색하기라도 하는 눈초리로 말했다. 그리고 할머니를 보고 있으면 왠지 인간의 일생이 덧없게 느껴진다고 말했다. 정말 덧없는지는 관점을 어디에 두느냐에 따른 것으로, 전 생애에 걸친 부부로서의 육체적인 결합 따위는 별 의미 있는 일이 아니라는 얘기도 되고, 정신적인 단 한 조각 애정이라도 인간의 긴 인생에 걸쳐 사라지지 않으니 우리 인생도 그리 헛된 것만은 아니라고 할 수도 있다. 어느 쪽으로 생각한다 해도 어머니의 표정에 처연함이 깃들어 있듯이 나와 아내 사이에도 어떤 슬픔이 있는 듯했다. 인간의 삶에는 왠지 덧없이 여겨지는 점이 있는 듯했고, 내가 보는 현재의 어머니 모습이 여든 살까지 살아온 한 여성의 결론이라 해도 그리 틀리지 않으리라는 생각이 들었다.

작년 여름에 미쯔의 어머니가 히로시마의 둘째 딸 집, 즉 미쯔의 여동생 집에서 돌아가셨다. 우리 집과 마찬가지로 미쯔의 집안도 장수하는 가계로 장인어른은 전쟁 말기에 우리 아버지와 같은 만 여든 살에 돌아가셨고, 이번에 장모님이 만 여든넷에 돌아가셨다. 초여름에 병세가 악화되었다는 연락을 받고 아내는 곧 히로시마로 내려가 반달 정도 간병을 하고 어머니의 임종을 지켰다. 나는 독감에 걸려 장례식에 참석하지 못했다. 5월 말에 문병을 갔을 때 장모님을 만났는데 그게 마지막이었다.

미쯔는 장례식을 마치고도 2주일 가까이 여동생 집에 묵었다. 집을 비우는 일을 싫어하는 아내에게는 드문 일이긴 했으나, 어머니가

내 어머니의 연대기

돌아가신 후에 정리할 일도 있었고, 여동생과 함께 며칠이라도 한 지붕 아래서 지내는 경험도 어머니가 돌아가셨으니 이제 마지막이라는 생각이 들었을 것이다. 미쯔는 돌아오자 저녁식사 자리에서 어머니의 임종 이야기를 했다. 미쯔 자신이 직접 본 것이며 여동생에게 들은 이야기를 들려주었다. 할머니들은 누구나 마찬가지야, 미쯔는 그런 말투로 나와 아이들에게 히로시마의 어머니 이야기를 했다.

히로시마의 장모님은 돌아가시기 한 달 전부터 자신을 부모 대신 길러준 언니 이름을 끊임없이 부르기 시작했다. 언니, 따뜻한 물을 주세요. 언니, 약 먹여줘요. 무슨 일에든 언니를 불렀다. 1년 가까이 병상에 있었지만 그때까지 의식은 주위 사람들보다도 또렷했을 정도였고, 매일 아침 돌아가신 남편의 위패가 모셔진 불단에 물을 올리라 하고 때로는 병문안을 와준 사람에게 바닥에 엎드려 절을 하며 감사의 뜻을 표하기도 했다. 전에는 할아버지는, 할아버지는, 하면서 십 몇 년이나 먼저 세상을 떠난 남편 얘기를 안 하는 날이 없었다. 그런데 갑자기 언제부턴가 할아버지의 할 자도 꺼내지 않게 되었고 언니 이름만 부르기 시작했다. 언니 이름을 부르는 어조에는 어린 여동생이 투정 부릴 때의 말투가 섞여 있었다.

"내가 갔을 때도 나를 언니로 착각하셨어. 언니, 와줬네, 하시더라구.”

아내가 장모님 말투를 흉내 내자,

“웩, 징그러워.”

큰아들이 말했다.

“그런데 안 징그러웠어. 노인한테서 어떻게 저런 아기 같은 목소리가 나올까 할 정도로 부드럽게 애교를 부려서 간호사까지도 감탄하고는, 자 이제 언니 얘기가 시작됩니다, 그랬지. 그리고 점점 어린 아이가 되면서 돌아가시기 2, 3일 전에는 결국 완전히 갓난아기가 되어버렸어. 손가락을 입에 물고 쪽쪽 빨더라구. 젖을 먹고 있다고 생각했나봐. 그 모습이 정말 아기 같은 거 있지.”

여든네 살의 장모가 손가락을 빠는 모습은 떠올리기 쉽지 않았다. 장모님은 죽음이 가까워지면서 점차 체구가 작아졌다니 그렇게 작아진 장모님을 나도 직접 보았다면, 주위 사람들처럼 그런 행동이 부자연스럽지 않게 비쳤을지도 모른다는 생각이 들었다. 미쯔는 내게 말했다.

“나, 이번에 히로시마 할머니를 보면서, 여기 할머니도 이해할 수 있을 것 같았어. 아기였던 때로 향하는 거예요. 슌마 오라버니를 잊을 수 없는 게 아니라, 슌마 오라버니와 놀던 열 살 시절로 돌아가

                                        내 어머니의 연대기

신 거죠."

미쯔는 말했다. 반론할 여지는 전혀 없었다. 그럴지도 모르겠다고 생각할 수밖에……. 막내딸이 말했다.

"그렇구나. 할머닌 열 살인 거네. 그럼 아직 할아버지랑 결혼하기 전이니까 할아버지 얘기를 할 리가 없지. 할아버질 모르는 거니까."

그러자 둘째 아들이 말했다.

"히로시마 할머니는 눈 깜짝할 사이에 아가씨가 되고 어린아이가 되고 그다음엔 아기가 되고 나서는 돌아가셨네. 우리 할머니는 아직 건강하니까 몇 년 동안 열 살이 계속될 거야. 당분간은 슌마 얘기를 하겠지."

이어서 큰아들이 말했다.

"반대로 생각해보면 젊어진다는 것은 결국 과거가 사라져간다는 거야. 완전히 그렇게 된다면 재미있겠지만 사라지지 않는 부분이 있으니 곤란해. 불편한 부분만 사라지고 자기한테 유리한 부분만 남는 거야. 그건 그렇다 치고 할머니는 불쌍하게도 억울한 누명을 쓰신 거네."

나는 식구들 얘기를 들으면서 장모의 사례를 우리 어머니에게 고스란히 적용할 수 있을지는 잘 모르겠지만 그래도 인간은 나이가 들면 그럴 거라고 생각했다. 어머니도 예외는 아닐 것이다. 과거의 어떤 부분은 완전히 지워져 있다. 틀림없이 아버지도 잊어버렸을 테고, 자식들에 대한 관심도 이제는 젊었을 때와 비교할 수 없을 정도로 적다. 손자에 대한 애정 따위는 있는지 없는지도 모를 정도다. 이런 점으로 미루어 어머니는 지우개로 자신이 걸어온 인생의 긴 선을 한쪽 끝부터 지워나갔을지도 모른다. 물론 의식적으로 그렇게 한 것은 아니리라. 지우개를 쥐고 있었던 것은 세월이었으니까……. 나이가 들어가면 세월이 어머니가 평생 걸어온 긴 선을 차례차례 가까운 곳에서부터 지워버린다. 어쩔 수 없지 않은가.

아버지는 돌아가실 때까지 아무것도 지우지 않았던 듯하다. 아버지의 생애는 상당히 진한 선으로 뚜렷하게 그려져 있다. 아버지는 열 살 때로 돌아가지 않았고 갓난아기가 되지도 않았다. 한 아버지로서 자식인 나의 손을 잡고 80년 생애를 마감했다. 하지만 아버지가 죽음을 맞기 몇 분 혹은 몇십 분 전에, 아무도 모르게 세월의 지우개가 당신 생의 어딘가를 지웠을지도 모른다. 그런 일이 없었다고는 할 수 없다.

어쨌든 이런 일이 있고 나서부터 나는 어머니 열 살 회귀설을 동생들에게 피력했다.

　　　　　　　　　　　　　　　　　　　내 어머니의 연대기

"할머니도 그럼 몇 년 후에는 손가락을 빨겠네. 귀엽겠다, 그렇게 되시면."

여동생 구와코는 이렇게 말하고는,

"그래도 할머니가 최근에 제일 관심이 많은 게 뭔지 알아요? 부의금이에요. 고향에서 누군가 돌아가셨다는 말을 들으면 부의금을 보내야 한다고 야단이에요. 제대로 송금했다는 걸 납득할 때까지는 시끄러워 죽을 지경이야. 옛날부터 부의금첩을 갖고 계셨는데, 누구는 얼마 또 누구는 얼마를 보내왔다고 기록해놨어요. 하지만 시대가 완전히 바뀌었잖아요. 이제 대(代)가 바뀌어서 안 보내도 되는 집들도 있는데, 그런 걸 이해 못 해요. 돈 가치도 바뀌었잖아요. 그것도 모르시는 거야. 열 살이 문제가 아니지."

함께 생활하면서 어머니의 일상을 가장 잘 알고 있는 여동생이 부의금 얘기를 꺼내자 나도 남동생도 그래, 그럼 열 살이라고는 보기 힘들지, 하는 생각이 들었다.

"부의금 얘기를 할 때 할머니는 완전히 고집 센 노파야. 죽음은 곧 부의금이지. 누군가 죽었다고 하면 갑자기 반사적으로 우리도 부의금을 보내줘야 한다고 생각하나봐. 빚이라도 지고 있다고 생각하는 모양이야." 여동생의 말이었다.

3

올해 봄, 나는 우리 식구들하고 동생들 가족 중에 참석할 시간
이 되는 사람들과 함께 어머니를 모시고 조금 멀리 떨어진 곳으
로 벚꽃 구경을 가기로 했다. 만 여든 살이 되는 어머니 생신을
축하하기 위한 여행이었다. 가와나(川奈) 호텔(시즈오카 현 가와나에
있는 고급 호텔—옮긴이)에서 일박을 하고 시모다(下田: 시즈오카 현 이
즈 반도 동남부에 있는 시—옮긴이)를 돌아 새로 생긴 호텔에 묵고 차로
아마기(天城: 이즈 반도 중앙부에 있는 산 혹은 이즈 시와 가와즈초河津町의
경계에 있는 고개—옮긴이)를 넘어서 고향 마을에 들를 예정이었다. 고
향에서는 모두 모여 아버지 묘지에 성묘를 하러 갈 계획이었다. 호
텔 방을 예약한 것은 정월 초로, 참가할 사람들의 명단도 일찌감치
정해졌는데 어머니한테만은 이 소식을 전할 수 없었다. 구와코가 이
계획이 어머니 귀에 들어가면 매일매일 그 얘기만 하면서 도대체 언
제 가느냐고 성화를 부리며 주위 사람들을 괴롭힐 테니 일정이 가까
워질 때까지는 감춰달라고 하소연했다. 그래서 출발 전날까지 어머
니에게는 알리지 않기로 했다.

하지만 어찌된 노릇인지 4월에 들어서자 어머니는 우리 모두와
함께 이즈에 벚꽃놀이를 간다는 사실을 알아버렸다. 어머니는 여행

          내 어머니의 연대기

전 며칠간은 아침저녁으로 우리 집에 전화를 걸어왔다..구와코는 미장원을 운영하느라 매일 출근을 했는데 구와코가 없는 틈을 타서 전화를 걸어왔다. 어머니는 자신이 고향에 들를 수 있는지가 궁금한 모양이었다. 전화를 받은 사람이 틀림없이 고향 마을에 들를 예정이라고 말하면 그때마다 아아, 그렇구나, 정말 잘됐어, 라고 말하고는 금방 잊어버렸다.

출발할 때에는 한바탕 난리법석이었다. 구와코와 어머니는 출발 전날 우리 집에서 묵었다. 어머니가 자기만 두고 갈까봐 걱정했기 때문이었다.

그날 우리들은 두 대의 차에 나누어 타고 도쿄 역으로 향했는데 어머니는 차가 집 모퉁이를 돌자마자 곧, 아아, 중요한 걸 잊어버렸네, 그래도 할 수 없으니 인제 됐다, 따위의 말을 했다. 뭘 잊었는지 물어보니 핸드백이라는 거였다. 조수석에 타고 있던 구와코는 그럴 리가 없다고 했다. 백을 잊어버릴까봐 현관에서 그걸 엄마한테 들게 했다는 거였다. 차를 세우고 모두 일어나 좌석 주위를 찾았지만 어디에도 핸드백은 보이지 않았다. 나는 차를 돌렸다. 어머니의 핸드백은 반듯이 접은 손수건이 놓인 채로 현관 옆 진달래 덤불 위에 있었다. 도대체 왜 어머니가 거기에 백을 놓았는지는 알 수 없었다.

도쿄 역에는 남동생 부부와 두 아이들이 기다리고 있었다. 구와코의 언니인, 내 바로 밑의 여동생 부부는 일이 생겨 동행하지 못하고, 고등학생 딸과 작년에 대학을 나오고 증권회사에 들어간 큰아들 둘이서 참석할 예정이었다. 이 두 손자의 모습이 안 보여 어머니는 걱정이었다. 어머니는 내가 택배 접수처에 짐을 맡기고 있을 때 주위를 불안하게 살펴보고 있었는데 때때로 손자로 보이는 사람의 모습을 인파 속에서 찾았는지 그쪽으로 휙 걸어가려 했다. 나는 큰아들과 둘째 아들에게 어머니의 감시원 역할을 맡겼다. 어머니는 두 손자의 모습이 보이지 않아서 안색이 나빠졌다.

"아직 기차가 떠나려면 30분은 있어야 되니까 괜찮아."

둘째 아들이 그런 말을 했는데, 앗, 핸드백이, 하며 갑자기 괴상한 소리를 냈다. 모두 그쪽으로 얼굴을 돌리자 어머니도 주위를 둘러보았다. 내가 갖고 있어요, 하고 둘째 딸이 말했다. 왜 그래, 들고 있으면 들고 있다고 말을 해야지 말이야, 모두 걱정하잖아. 큰아들이 나무라자 어머니는, 괜찮다, 괜찮아. 내가 들게, 라며 끼어드셨지만 누군가 할머니는 안 된다고 못을 박았다.

그러다가 두 손자가 도착을 해서 일행은 플랫폼으로 이동했다.

　　　　　　　　　　　　　　　　　　내 어머니의 연대기

어머니는 때때로 멈춰 서서는 누군가 없어졌다며 야단을 했다. 그
때마다 큰아들과 둘째 아들이 달래기도 하고 혼내기도 했다. 손자
들에게 야단을 맞을 때마다 어머니는 겸연쩍어하면서 밝은 웃음소
리를 냈다.

이토(伊東) 행 전철이 움직이기 시작하자 그때까지 사람들을 애타
게 했던 어머니는 조용해졌다. 자리에 얌전히 앉아서 무릎 위에 손
을 올리고 창 쪽을 바라보았다. 승객의 예의라 여기는 걸까, 진지하
게 선로변의 풍경을 감상하는 태도를 보이셨다. 차창을 바라보는 어
머니 얼굴을 조금 떨어진 곳에서 보고 있으니 기차를 탈 때와는 다
르게 완전히 당신 혼자만의 세계에 젖어 있음을 알 수 있었다. 동행
자 없는 노파가 혼자서 기차를 타고 있는 느낌이었다.

가와나 호텔에서 우리들은 넓은 잔디밭이 깔린 정원을 바라볼 수
있는 바다 쪽 방을 잡았다. 마침 어제 오늘이 벚꽃이 만발한 날로, 꽃
구경 나들이로는 전혀 부족함이 없었다. 창 너머로 바라보면 조화처
럼 딱딱하고 움직이지도 않는 것처럼 보이는 벚꽃송이들이 물감 자
국인 양 여기저기 눈에 띄었다. 바다는 보이지 않았지만 바람의 강
약에 따라 파도소리가 들려왔다.

우리는 서로 무리지어 잔디정원을 걸으며 저녁식사 전까지 시간

을 보냈다. 호텔에 들어와서부터 어머니는, 이런 데가 이즈일 리 없다고 생각하시는지 여기가 이즈냐, 하면서 입을 열 때마다 불만스럽게 말했다. 여자들은 할머니에게 아름답지요, 라며 비슷한 말들을 건네는데, 어머니는 그래도 동조해줄 수만은 없다는 태도를 보였다. 그럴 때의 표정에는 어린아이가 삐쳤을 때 같은 가벼운 반항기가 있었고, 열 살짜리 소녀처럼 혹은 여든 살의 노파처럼 보였다.

7시부터 큰 식당 한쪽에 탁자를 몇 개 연결하여 만들어준 자리에 어른도 아이도 저마다 자유롭게 앉아서 식사를 했다. 어머니만 가운데 자리에 앉았다. 어머니는 피곤한지 수프를 조금 뜨고는 거의 요리에 손을 대지 않고 말도 별로 없었지만 그래도 시종일관 웃음을 보였다. 자신을 위해서 많은 사람들이 모여 만족스러운 듯했는데, 돌아가신 아버지와는 전혀 다른 면이었다.

회식이 끝나자 모두 방으로 올라가 바로 흩어졌다. 나는 남동생과 같은 방을 썼으므로 둘이서 방에 틀어박혀 오랜만에 친형제끼리 나눌 수 있는 이야기를 했다. 낮에는 끊임없이 누군가 방에 들어왔다가 또 나갔는데 지금은 그러지 않았다. 양옆의 두 방도 고요했다.

창문으로 정원을 바라보던 동생이, 모두들 밤벚꽃을 보러 나가는 것 같다고 했다. 그 말을 듣고 나도 일어나 창가에 다가서서 창밖을

　　　　　　　　　　　　　　　　　내 어머니의 연대기

바라보았다. 여자들과 아이들이 몇 명씩 짝지어 가로등 불빛이 밝게 비치는 잔디밭을 가로질러 가고 있었다. 호텔 가까운 곳에 서 있는 벚꽃나무에 조명이 비쳐 연극 무대의 배경처럼 입체적으로 도드라졌고, 잔디밭 저편에 멀리 보이는 벚나무는 완전히 어둠에 잠겨 있었다. 어둠 속 벚나무들이 가장 멋있다는 말을 식당에서 들었기 때문에 여자들과 아이들은 그쪽으로 가려는 듯했다.

잠시 후에 남동생은 프런트로 내려갔다. 제수씨는 내일 일행과 떨어져 혼자 도쿄로 돌아갈 예정이었는데 차표를 알아보려는 모양이었다. 그런데 옆방에서 무슨 소리가 나는 것 같았다. 아무도 없을 텐데 말이다. 돌연 어머니가 방에 남아 계신 걸까 싶었다. 아까 창문에서 본 일행 중에 어머니 모습이 보이지 않았던 것도 생각났다.

나는 곧장 복도로 나가 구와코와 어머니가 쓰는 옆방 문손잡이를 잡았다. 문은 바로 열렸다. 방에 들어가 보니 창문에서 먼 쪽 침대에 어머니가 앉아 있었다. 낮에 기차에서처럼 얌전히 앉아서 손을 무릎 위에 올리고 있었다.

"아까 슈짱이 같이 가자고 왔었는데 난 쉬기로 했다."

어머니는 혼자 방에 남아 있어 찔리는 듯한 말투였다. 슈짱이란 우리 집 큰아들을 말하는 것이다. 나는 잠시 어머니와 얘기를 해야겠다고 작정하고 창가 의자에 앉았는데 탁자에 놓인 핸드백이 눈에 띄었다. 그걸 들고 안을 들여다보았다. 조금 더러워진 노트가 한 권 들어 있을 뿐이었다. 아무것도 없네, 라고 내가 말하자 어머니는, 그럴 리 없어, 아무것도 안 들어 있다면 분명 구와코가 자기 핸드백에 옮겨 넣은 거지, 라고 말하고는 신경이 쓰이는지 침대에서 미끄러지듯이 내려오려 했다. 내가 말리자, 어머니는 순순히 다시 침대에 앉았다.

나는 핸드백에서 노트를 꺼내 열어보았다. 부의금첩이었다. 아버지의 필적으로 한쪽에 사람들의 이름과 집 주소며 금액이 적혀 있었다. 최초의 페이지에는 1930년 날짜가 쓰여 있다. 나는 의외의 물건을 의외의 장소에서 만났다는 생각이 들어서 나도 모르게 어머니의 얼굴을 보았다.

"왜 부의금첩 같은 걸 가져왔어요?"

내가 물었다.

"그런 게 들어 있어? 그럼 들어 있는 줄도 모르고 가져왔나보네."

어머니는 못된 장난을 추궁당하는 아이처럼 부끄러운 얼굴로 손수 핸드백을 찾아가려고 이번에도 침대에서 내려오려고 했다. 나는 핸드백을 어머니에게 가져다 드리고 다시 창가 쪽 자리로 돌아왔다.

　　　　　　　　　　　　　　　　　　　　내 어머니의 연대기

"이상하네. 나는 모르겠어. 구와코가 넣었나봐."

어머니는 이렇게 말하고 고개를 갸우뚱했다. 아무래도 어머니가 생각해낸 변명 같았다. 구와코가 그런 것을 백에 넣었을 리는 없었으므로 틀림없이 어머니 자신이 넣었을 테고 그것도 모르고 가져왔을 리는 없었다.

남동생이 들어왔다. 손님이 꽤 많은 것 같은데 방이 다 비어 있어. 다들 밖에 나가 있나봐. 남동생은 그런 이야기를 하면서 나와 마주 앉았다.

"도대체 내일 일정은 어떻게 되는 거지? 어딜 가는 건가?"

어머니는 핸드백을 등 뒤에 숨기듯이 밀어 넣으며 말했다. 남동생 앞에서 부의금첩 얘기가 다시 나오면 곤란하다고 생각하는 모양이었다. 나는 지금까지 몇 번이나 말했던 내일 이후의 여행 스케줄을 다시 한번 설명하고, 아버지 산소에 성묘를 가는데, 산을 올라야 해서 어머니한테는 무리일 것 같다고 말했다.

"성묘는 안 갈 거다. 그 언덕에선 잘못하면 미끄러질 수도 있어. 그리고 이제 더 이상 할아버지를 위해서 일하진 않으련다. 온갖 일을 다 해드렸으니 이젠 됐겠지."

어머니는 침대 시트의 주름을 펴는 듯한 동작을 하면서 자신의 손끝을 응시하며 말했다. 어머니로서는 드물게도 한마디 한마디에 자신의 생각을 깊이 담아서 말하는 듯한 말투였다. 나는 그런 어머니를 신기한 걸 보는 기분으로 바라보았다. 어머니가 갑자기 열 살 소녀에서 사리분별 있는 어른으로 돌아온 느낌이 들었다. 아버지 이야길 하는 것도 드문 일이었다. 이윽고 어머니는 고개를 들어 허공의 한 점을 바라보며 무엇인가를 생각하는 듯하다 갑자기 말했다.

"눈이 내릴 때 마중을 나간 적이 있었어. 옆집 부인하고 같이 갔지. 길이 얼어붙었는데."

말투와 표정으로 보아 분명 어머니는 회상에 잠겨 있었다. 나와 동생에게 말하고 있었으나 기실 혼잣말이었다. 아버지를 마중 나갔던 이야기를 하는 것 같았다. 어머니는 과거에 눈이 많은 고장과 인연이 있었다. 나를 낳은 곳은 아버지가 복무하던 사단(師團)이 있었던 아사히카와(旭川)였고, 아버지가 퇴역 명령을 받은 마지막 부임지도 사단이 있었던 히로사키(弘前)였다. 가나자와(金澤)에서도 2년을 지냈다. 따라서 어머니가 아버지를 마중 나간 곳은 북쪽 지방의 도시임에 틀림없는데 어디인지는 몰랐다. 어머니는 같은 말투로 다시 말했다.

"슈짱도 도시락을 가지고 다니는 것 같던데, 나도 매일 도시락을

   내 어머니의 연대기

만들었다. 반찬 때문에 정말 힘들었어."

나도 남동생도 가만히 듣고 있었다. 가만히 있어야 할 것 같은 분위기였다. 그러자 어머니는 계속해서 말씀하셨다.

"구두도 닦았지. 군인들의 장화는 닦을 게 많아서 말이야."

나는 어머니 머리에 지금 뢴트겐 광선이 비치는 걸까 생각했다. 예리한 한줄기 빛살이 어머니의 머리 내부에 꽂혀 있다. 그 부분의 기억만이 생생히 살아나 어머니는 그걸 언어로 바꾸어 입 밖으로 꺼내고 있는 것이다. 평소의 어머니는 의식적으로 무언가를 기억해내는 법이 없었다. 생각나는 것은 전부 자연스럽게 우러나는 기억일 뿐이었다. 하지만 지금은 달랐다. 아버지로 인한 고생스러웠던 기억의 단편을 스스로 머릿속에서 끄집어내고 있다. 말투에는 어딘가 원망하는 어조가 스며들어 있었다. 어머니의 말이 끊겼을 때,

"어머니, 여럿이서 히로사키 성에 꽃구경 간 적이 있었죠."

남동생이 말했다. 동생도 어머니가 아버지와 살면서 겪은 괴로운 일만을 기억해내고 있는 걸 눈치채고 즐겁고 명랑한 일을 떠올리게 하려는 듯했다. 그렇지만 어머니는 그런 수법에 안 넘어간다는 듯이,

"글쎄, 그런 일이 있었나"라면서 이쪽으로 얼굴을 돌렸다. 어머니 얼굴에는 골똘히 무언가를 생각하며 기억을 끄집어내던 긴장감 어

린 표정은 이미 사라지고 없었다.

"가나자와의 군병원 마당에서 원유회가 있었죠?"

남동생은 다시 물었다. 하지만 어머니 표정은 변하지 않았다.

"왜, 그때 군의관 가족들이 모두 모여 아주 떠들썩했잖아요."

"그랬었나……."

"어머니가 경품 추첨에서 이등상을 탔지."

"아니, 난 그런 일은 모르겠는데."

어머니는 확실히 고개를 저었다. 정말로 기억을 못하는 것 같았다.

"그럼 이건 기억나요?"

동생은 점점 진지해졌다. 어머니가 분명히 즐거웠을 옛날의 기억을 이것저것 생각해내 이야기했다. 하지만 어머니는 거의 기억하지 못했다. 가끔은 기억나는 것도 있었지만, 아주 어렴풋한 영상밖에는 떠올리지 못했다.

어머니는 점차 동생의 질문에 일일이 대답하기가 귀찮기도 하고 대부분 기억하지 못해 부끄러웠는지 자, 이제 슬슬 자야겠네, 라고 말하며 침대에 몸을 눕혔다.

나와 동생은 어머니의 방을 나왔다. 동생이 우리도 정원에 나가 보자고 말했고 나는 동의했다. 넓은 정원 한쪽으로 나가자 숙박객으

　　　　　　　　　　　　　　　　　　내 어머니의 연대기

로 보이는 사람들 그림자가 작게 무리 지어 여기저기 흩어져 있었다. 젊은 남녀 커플도 많았다. 분명 어딘가에 우리 가족도 있었겠지만 찾기 어려웠다. 잔디에 조명이 비쳐서 사람의 모습은 작게 덩어리져 보였다.

밤공기는 춥지도 덥지도 않았고 볼을 어루만지는 미풍에는 바다 냄새가 섞여 있었다. 나와 동생은 조명 속으로 들어가 저 멀리 벚꽃 나무들 쪽을 향해 잔디밭을 가로질러 걸어갔다. 동생은 걸으면서 다소 흥분된 말투로, 어머니는 지금 아버지와의 생활에서 즐겁던 부분은 다 잊고 괴로운 것만 기억하고 있어, 노인들에겐 다 이런 부분이 있다더라며 자신이 본 어머니에 대해 말했다. 남동생은 어머니의 방에서 나와 줄곧 그것만을 생각하고 있었던 모양이었다.

"오래된 절의 기둥을 보면 재질이 부드러운 부분은 오랜 세월 마찰로 파여 들어가고 딱딱한 나뭇결 부분만이 남아 있어. 그런 거하고 똑같네. 즐거웠던 추억은 사라져버리고 괴로웠던 기억만이 남아버리는 거지."

과연 그런 시각으로 볼 수도 있겠다는 생각이 들었다. 어머니로서는 놀라울 정도로 명석한 두뇌 회전으로 저 깊은 기억의 늪에서 끄집어낸 것은 다름 아닌 눈 내리는 날 아버지를 마중 나갔던 고생스러움이고, 도시락을 만들던 고단함이며, 구두를 힘겹게 닦던 괴로움이었다. 어머니는 이젠 성묘를 가지 않아도 된다는 이유로 그런 기억들을 꺼내어 보인 것이다.

나는 남동생과는 조금 다른 견해를 갖고 있다. 나 또한 어머니의 방을 나오면서 남동생과 마찬가지로 오늘 밤에 본 어머니를 생각하고 있었다.

어머니는 즐거웠던 추억을 모두 잃어버렸다. 그것과 마찬가지로 괴로웠던 기억도 잃어버린 것이다. 아버지에게 사랑받았던 기억도 사랑한 기억도 잃어버렸다. 아버지에게 매몰찬 대접을 받았던 기억도 잃었고 자신이 아버지를 차갑게 대했던 기억도 잃었다. 그런 의미에서 아버지와 어머니의 채무관계는 아주 깔끔하게 정리된 셈이다. 어머니가 오늘 밤 기억해낸, 아버지를 마중 나갔던 일, 구두를 닦은 일, 도시락을 만든 일, 그런 일들은 고생이라고 부를 수 없는 일이 아닐까. 젊은 시절에 어머니는 그 일들을 분명 고생이라고 생각하지 않았을 것이다. 고생은 아니었지만, 어머니 연세가 되고 보니 긴 세월 먼지가 쌓이듯이 그런 일들도 얼마간의 무게로 어깨 위에 쌓여 있을 것이다. 살아가는 동안 매일 인간의 어깨 위에 아무도 모르게 내려앉는 먼지, 어머니는 그런 것들의 무게를 느끼는 게 아닐까.

 　　　　　　　　　　　　　　　　　　　　　内 어머니의 연대기

하지만 지금 남동생에게 이런 말을 하지는 않았다. 어느 틈엔가 우리는 목적지인 벚나무 아래 서 있었다. 만발한 꽃무리가 머리 위에 우산처럼 씌워져 있었다. 강렬한 조명은 여기까지 닿지 않았다. 가까운 곳에 가로등이 하나 있을 뿐으로 옅은 어둠이 꽃을 감쌌고 어둠 속에서 꽃은 자줏빛을 띤 듯했다. 이때 지금 하는 생각을 쫓아오기라도 하듯 또 하나의 생각이 찾아왔다. 먼지라는 것은 어쩌면 여자의 어깨에만 쌓이는 것인지도 모른다. 긴 부부생활에서 애증과는 무관하게 남편이 아내에게만 주는 것인지도 모른다. 하루하루 원망 아닌 원망이 아내라는 자의 어깨 위에 쌓여간다. 그렇게 되면 남편은 가해자가, 아내는 피해자가 된다.

남동생이 재촉을 해서 나는 이런 상념들을 뒤로한 채 호텔 방으로 돌아가기 위해 벚나무 아래를 떠났다. 멀리서 보이는 호텔의 모든 방에는 전등이 휘황찬란하게 켜 있었다. 그 밝은 방들 중 하나에 어머니가 있을 것이다. 어머니는 우리가 방을 나올 때에는 침대에 누워 있었지만 지금쯤은 침대 위에 얌전히 앉아 있지 않을까. 늙은 어머니의 마음속 구조가 어떤지 알 수 없었지만, 남동생 또한 아무런 말도 하지 않았지만, 어머니가 지금쯤 침대 위에 앉아 계시리라는 것은 자식인 우리들만이 알 수 있는 단 하나의 확실한 사실인 듯했다.

달빛

1

어머니가 여든이 되셨을 때, 나는 「꽃나무 아래에서」라는 제목으로 소설이라고도 수필이라고도 하기 어려운 형식으로 어머니의 나이 드신 모습을 적어두었다. 어느덧 5년이 지났다. 어머니는 올해로 여든다섯이 된다. 아버지는 여든에 돌아가셨으므로 오래 사신 편이지만 어머니는 그런 아버지보다 이미 5년이나 더 오래 살고 있으며, 10년간 과부로 살아오신 셈이다.

「꽃나무 아래에서」에서 여든 살이었던 데 비하면 현재 여든 다섯 살인 어머니는 당연히 나이가 드셨지만 반드시 그렇다고는 할 수 없는 부분이 많다. 몸 전체에서 풍기는 인상은, 조금 작아진 것처럼 보일지 몰라도 시력이 나빠지거나 체력이 떨어진 것도 아니다. 얼굴 피부는 윤기가 있고, 전보다 젊게 보이며, 웃는 얼굴도 늙어서 추레해 보이는 느낌과 거리가 멀었고, 악의라고는 털끝만큼도 느낄 수 없을 만치 밝다. 여전히 하루에도 몇 번씩 근처에 있는 친척집으로 달려가는 모습을 보면 아무래도 나이 먹는 것 자체를 잊어버린 듯하다. 어깨가 결린다고 앓는 소리를 하지도 않고 웬만해서는 감기도 걸리지 않는다. 어금니는 예전부터 한두 개 빠져 있었는데, 굳이 찾자면 앞니 두개를 의치로 해 넣은 것 정도가 최근 수년간 눈에 띄는 변화라고나 할까. 아마도 어머니는 틀니의 고충을 평생 알 수 없으리라.

치아뿐만 아니라 지금도 안경 없이 신문을 들고 작은 글자로 쓰인 제목을 혼잣말로 읽는 모습을 보면 첫째인 나를 포함한 우리 네 남매가 도저히 따라가지 못할 만큼 정정하다. 할머니는 참 건강하시다, 정말 튼튼하다, 우리 남매들이 어머니 이야기를 할 때 제일 먼저 탄식을 섞어 누군가 하는 말이다.

"사십견, 오십견이라는 게 할머니한테도 있었을까."

좀 이르기는 하지만 이제 슬슬 비슷한 경험을 하게 된, 막내 구와 코가 이런 말을 할 때가 있는데 아무도 선뜻 대답하지 못한다. 아무리 정정한 어머니라고 해도 40대 후반에는 이런 경험을 했을 거라고 누군가 말하자, 그게 보통이겠지, 라고 또 누군가 허탈하게 말한다. 어머니의 그런 모습을 볼 수 있었을 때, 즉 아버지가 육군에서 퇴역하고 고향인 이즈로 내려간 두 분이 노년기를 맞던 시기에, 자식들은 부모님과 떨어져 각자 도시에서 생활하고 있었다. 아버지만이 당시 어머니의 모습에 대해 명확히 대답할 수 있겠지만 이미 타계하셨다. 자식들은 자신을 낳아준 어머니가 노년기에 첫발을 내디딘 시기, 자신들은 이미 직면했거나 직면하려는 이 시기에 대해 아무것도 모르고 있었다. 결국 자식도 부모를 모르고 있다는 사실이 언제나 되풀이되는 결론이었다.

어머니는 원래 체구가 작기는 했지만 아버지가 돌아가셨을 무렵부터 체중이 많이 줄어서 몸은 더 작아졌다. 요즘은 어깨도 가슴도 사람의 몸이라고는 믿기지 않을 만큼 얇아서, 안아 올리면 뼈 무게밖에 느껴지지 않을 정도였다. 옆에서 보면 가벼운 마른 잎이 연상될 정도였다. 최근 수년간 얼마간 더 작아졌을지도 모른다고 적은 이유는, 낙엽의 무게 정도라 하더라도 가벼움과는 또 다른 덧없음이 더해져 이제 어디로도 갈 곳이 없는 육체의 종착점이 느껴지기 때문이다.

2년쯤 전에 나는 어머니 꿈을 꾼 적이 있다. 장소는 확실치 않았다. 고향 집 앞 길 같기도 한 곳에서 어머니는 두 손을 휘저으며 누군가 빨리 도와달라며 비명을 지르고 있었다. 바람이 불어오는 곳으로 휩쓸려 가면서도 필사적으로 저항하고 있었다. 그런 꿈을 꾸고부터 어머니의 거동은 어딘가 묘하게 둥실둥실해 보여 바람이 세게 불기라도 하면 어딘가로 끌려가버릴 듯한 위태로움을 느꼈다. 그후 나는 어머니의 자태에서 어떤 허무를 예감했다. 내가 무심코 그런 이야기를 하자,

"그런 허무 정도만 느끼게 하는 할머니라면 얼마나 좋을까"라고 바로 밑 여동생인 시가코가 말했다.

"저기, 일주일 동안, 아니 사흘만이라도 좋아. 할머니하고 같이 생활해보라구. 덧없다는 기분 따윈 느낄 여유도 없어질 테니까. 도대체 이를 어쩌나 하는 생각이 들 뿐이야. 막막하고 슬퍼져서 할머니랑 같이 죽고 싶어져."

여동생이 이렇게까지 말하자 나도 다른 형제들도 그래 얼마나 힘들겠니, 라고 말할 수밖에 없었다. 무심코 입에서 나오는 대로 구경꾼 심사를 드러낸 것이 후회스러워 더는 여동생 기분이 상하지 않도록 다른 화제로 넘어갈 수밖에 없다. 어머니는 이즈의 고향 집에서 동사무소에 다니는 시가코 부부에게 신세를 지고 있었다. 시가코가 우리 네 남매를 대표해서 어머니를 돌보는 역할을 맡은 셈이었

다. 자신을 낳아준 어머니인 고로 당연히 딸인 자신이 돌봐야겠지만, 네 남매 중에 혼자만이 어머니의 노년을 함께해야 하는 입장에서 여동생으로서는 제비뽑기 운이 나빴다는 생각이 들 터였다.

그러나 이런 시가코의 역할은 몇 년 전까지만 해도 막내 구와코의 몫이었다. 최근 몇 년 동안 유일한 생활상의 변화는 어머니가 도쿄 집에서 고향에 있는 시가코의 집으로 내려간 것이다. 막내딸 집에서 큰딸 집으로, 그리고 도쿄에서 이즈로 생활 터전이 바뀐 것이다.

아버지가 돌아가셨을 때, 어머니는 고향 집에 혼자 남았다. 자식들 입장에서는 나이 든 어머니 혼자 고향에 내버려둘 수 없었다. 왈가왈부한 끝에, 사정이 생겨 시댁을 나와 미장원을 열어 자립하려는 구와코가 어머니를 모시고 함께 사는 임무를 맡은 경위는 「꽃나무 아래에서」에 쓴 대로다. 말하자면 어머니도 자기가 낳은 딸이 돌봐준다는 말에 할 수 없이 승낙하고 상경하기로 한 것이다. 사실 당연히 어머니를 돌봐야 될 장남인 나나, 남동생 집을 어머니는 언제나 신경질적으로 경계하고 있었다. 딸들이 돌봐주는 건 괜찮지만 남이 들어와서 살고 있는 아들 집에 신세를 지진 않겠다는 생각이었다. 이제까지 남의 눈치를 보며 살아온 적이라고는 없는데 이 나이에 아들 집에서 젓가락 들고 놓는 것까지 조심해야 하는 생활은 하고 싶지 않다고 몇 번씩이나 말했다. 이럴 때 어머니는 누가 봐도 심술궂고 고집스러워 보였다.

결국 어머니는 4년 정도 구와코와 함께 살았다. 어머니의 노쇠가 특히 눈에 띈 것은 도쿄에 온 지 2, 3년 지난 일흔여덟 살 무렵이었다. 노화의 징후는 아버지의 타계 즈음부터 이미 있었는데 나중에 생각해보니 짐작이 가는 대목이 없지 않았다. 그런 반면 성격이 격해지는 모습도 눈에 띄기 시작했는데 어머니 두뇌 일부가 손상되었다는 점은 아무도 눈치채지 못했다.

정말 골치 아픈 일이 시작됐구나 하고 생각했던 때는, 어머니가 자신이 한 말을 잊어버리고 몇 번씩이나 같은 말을 되풀이하는 것은 제쳐두고라도 그런 사실을 절대로 당신께 납득시킬 수가 없음을 깨달았을 때였다.

"아니, 할머니. 그 얘기는 몇 번이나 했잖아요."

누군가 주의를 주어도 소용없었다. 어머니는 언제나 그럴 리 없다고 확신했고 상당히 순순히 응할 때라도 결국 반신반의하는 표정을 보였다. 게다가 이쪽에서 하는 말을 매 순간 알아들었지만 그것은 단지 그때뿐이었다. 금방 잊어버리기 때문에 한순간 어머니의 머리를 잠시 자극할 뿐 당신 마음에는 아무런 흔적도 남기지 않을 말을 허

　　　　　　　　　　　　　　　　내 어머니의 연대기

무하게 내뱉고 있는 듯했다.

　어머니는 몇 번이나 같은 말을 토해놓는다. 마치 고장 난 레코드 판이 몇 번씩이나 같은 곡조를 반복하면서 회전하는 것과도 비슷했다. 그때 우리들은 어머니가 몇 번씩 같은 말을 반복하는 것을 일종의 집착이라고 생각했는데 그후에 생각을 바꾸었다. 뭔가 특수한 형태로 어머니의 마음을 자극한 것만이 레코드 판면에 기록되고, 일단 기록되고 나면 레코드는 일정 기간 집요하게 회전하는 것이다. 단, 어머니의 머릿속 레코드 판에 무엇이, 왜 새겨지는지 저간의 사정은 누구도 알 수 없었다. 때로는 단속적이기는 하지만 며칠에 걸쳐서 몇 십 번이나 레코드 판이 회전하고, 이유는 모르지만 어머닌 매일처럼 반복하던 말을 갑자기 하지 않기도 했다. 망가진 레코드 판에서 그때까지 새겨져 있던 것이 갑자기 지워져버렸다고 생각할 수밖에 없었다. 한두 시간 사이에 지워지기도 하고 10일, 20일이 지나도 지워지지 않기도 한다.

　이렇게 어머니가 반복해서 화제로 삼는 내용은 분명 무슨 자극에 의해 새롭게 머릿속 레코드 판에 새겨진 것과 몇 년이나 몇 십 년 전 먼 과거에 새겨진 낡은 것이었다. 젊은 시절의 추억은 특정한 —왜 특정한지는 아무도 모르지만 — 소수의 기억만이 결코 지워지지 않도록 새겨져 있는 듯했다. 그것들은 성급하지 않게, 마치 자신의 순서를 기다리고 있다가 등장하는 듯이 그다지 부자연스럽지 않을 때에 얼굴을 내밀었다. 그런 경우에 어머니는 젊었을 때의 추억을 문득 떠올렸다는 듯 먼 곳을 응시하는 눈빛으로 흐릿해진 기억 창고를 더듬어 이야깃거리를 꺼내곤 했다. 거기에는 어떤 현실감 같은 것이 있었다. 분명 어머니는 지금 처음으로 그런 이야기를 떠올렸다고 생각했을 것이다. 몇 번이나 반복해서 같은 이야기를 듣고 있는 쪽은 정말 지겨웠지만, 처음 그런 이야기를 듣는 사람은 조금도 기이하다고 느끼지 않았다. 단지, 몇 분이 지나면 또 같은 이야기가 마치 새로운 일처럼 반복되므로 그때서야 비로소 어머니의 이상을 눈치채는 것이다.

그러나 손님을 접대하는 어머니는 짧은 시간이라면 자신의 이상을 어느 정도 상대에게 숨길 수 있었다. 순간순간 제대로 응대해냈으며 별달리 이상한 말을 입에 담지도 않았다. 젊은 시절 사교에 능했던 성격이 이럴 때 드러났다. 예를 들면 친밀한 표정으로 맞장구를 치고 상대의 마음에 친근감을 불러일으키는 독특한 말투로 이야기했다. 그렇지만 묵묵히 어머니의 이야기를 듣다보면 누구라도 어머니의 노쇠를 눈치챌 수밖에 없었다. 어머니의 말도 손님의 말도 순간순간의 생명이 있을 뿐이었다. 어머니는 금세 자신의 말도 손님의 말도 잊어버렸다.

이렇게 고장 나기 시작한 어머니와 아침저녁으로 얼굴을 마주하는 구와코가 비명을 지를 수밖에 없었던 것은 당연한 일이다. 구와코는 우리 집에 올 때마다,

"같은 말을 계속 반복하지만 않아도 정말 좋은 할머닌데 말야."

이런 말을 하곤 했다.

"대답을 하려면 계속 같은 대답만 해야 하고, 대답을 안 하고 있으면 또 화를 내요. 무시당한다고 생각하는 거죠. 그럴 때는 정말 밉살스러워. 망가진 부분하고 그렇지 않은 부분이 뒤섞여 있잖아. 참 어떻게 저런 말을 할까 싶을 정도로 얄미운 소릴 한다니까."

구와코는 하루만이라도 좋으니까 가끔은 좀 어머니를 모시고 싶지 않다고 호소했다. 분명 그럴 것이다.

구와코가 한숨 돌릴 수 있도록 가끔 어머니를 우리 집으로 모시곤 했다. 뭔가 제대로 된 이유를 붙이지 않으면 어머니는 우리 집에 오려 들지 않았기 때문에 그때마다 남동생이 어머니를 설득하는 역할을 맡았다. 어머니는 일단 마음을 정하면 의외로 털털한 구석이 있

어서 올 때에는 일주일도 열흘도 머무를 작정으로 옷가지를 싼 가방 등을 챙겨서 차로 올라오셨다. 그런데 일단 오고 나면 금방 돌아가고 싶어 했다. 익숙하지 않은 방에서 자는 것도 불안하고 구와코도 걱정이 되는 듯, 하룻밤만 지나면 벌써 안절부절못했다. 그래도 다소 참기는 하는 듯했다. 언제나 하루나 이틀 밤은 묵었는데 옆에서 보고 있어도 불쌍할 정도로 마음은 구와코네 집으로 달려가고 있었다.

어머니는 우리 집에 있는 동안에 정원에 나가서 잡초를 뽑거나 방 청소를 하거나 가끔 손님에게 차를 내가기도 했다. 한시도 가만히 있지 못하는 성격이라 움직이고 있지 않으면 마음이 편치 않은 듯했다. 어디에 있어도 현관 부저나 전화벨 소리가 나면 득달같이 나가려고 해서 주위 사람들이 말리곤 했다. 때로는 전화 수화기를 어머니가 잡을 때가 있었다. 그럴 때 들어보면 상냥하게 응대를 하고 잘 알았다는 듯이 대답을 하지만 수화기를 내려놓으면 자신이 이미 통화 내용을 잊어버렸다는 걸 깨닫고 뭐라고 말하기 어려운 곤란한 표정을 지었다. 두뇌가 쉬고 있는 오전에는 비교적 용건을 기억하기도 하지만 오후에 걸려온 전화의 경우에는 거의 요령부득이었다.

어머니가 와 계실 때에는 밤이 되면 손주들이 할머니 주위에 모여들었다. 어머니는 나나 아내에게는 조금 거리감을 보였지만 손자들

     내 어머니의 연대기

에게 둘러싸이는 것은 즐거워했다. 옆에서 보고 있으면 할머니와 손자들은 상당히 즐거운 듯이 단란한 시간을 보내고 있었다. 그런 자리에서 대학교, 고등학교, 중학교에 다니는 손자들에게 언제나 똑같은 얘기를 들려주곤 했다. 슌마, 다케노리라는 두 수재 친척 형제의 이야기였다. 둘 다 열일곱 살에 일고에 들어갔는데 안타깝게도 폐질환을 앓아 요절해버렸다. 두 사람 다 성격이 좋았는데 상냥함에서는 슌마 쪽이 한 수 위였다. 그런 이야기였다.

슌마와 다케노리에 대한 이야기가 새겨진 어머니의 머릿속 낡은 레코드는 당신이 우리 아이들에게 둘러싸여 있을 때에만 회전했다. 어머니는 손자들에게 매일 밤, 게다가 하룻밤에도 몇 번씩이나 슌마와 다케노리 이야기를 했다. 언제나 손자들에게 이 이야기를 처음으로 들려준다는 기분으로 말을 꺼내지만 손자들은 먼저 앞서나가 이야기를 해버리고, 때로는 슌마와 다케노리를 뒤바꾸어 말하며 어머니를 놀리기도 했다. 나는 아이들이 할머니를 놀리지 못하게 했는데 그래도 어머니는 손자들 이야기를 정정해서 다시 말해주거나 사소한 말다툼을 상당히 즐기는 듯했고, 상대가 아이들이라고 생각해서인지 화를 내는 일은 없었다. 손자들은 슌마를 할머니의 젊은 시절의 정혼자로 설정해버리고는 어느 틈엔가 그걸 믿어버렸는데, 나도 이런 설정이 어느 정도 맞지 않을까 생각했다. 묘비에 따르면 형 쪽은 우리 집 성을 따랐고 그가 정혼자까지는 아니었다 하더라도 어머니는 주위 사람들로부터 자신이 슌마와 결혼할 거라는 얘길 들으며 자랐을지도 모른다. 나아가 상상을 더해본다면 슌마가 죽은 후에 다케노리가 형의 위치를 대신했을지도 모른다.

그런데 다케노리마저 요절해버려서 그후에 우리 아버지가 양자로 들어왔다는 생각은 그리 부자연스럽지 않은 전개였다. 그런 설정을 해놓고 보면 어머니의 부서진 레코드 판은 확실히 어머니를 그런 입장에 서 있던 여성으로 보이게 했다. 몇 번이나 반복해서 수재 소년 이야기만 하고 있는 어머니의 모습은 주위 사람들에게 다소 이상하게 보였다.

어머니는 아버지 이야기는 거의 입에 담지 않았다. 아버지가 돌아가신 지 얼마 되지 않았을 때에는 여느 과부들처럼 자주 아버지를 추억하기도 했지만 머리에 이상이 생기기 시작할 무렵부터는 아버지에 대해서 일절 말하지 않았다. 아버지를 새긴 레코드 판을 잃어버렸거나 원래 아버지를 위한 레코드 판을 준비하지 않았다고 생각할 수밖에 없었다.

도쿄의 구와코 집에 계시던 어머니에 대해 우리들이 알게 된 사실

　　　　　　　　　　　　　　　　내 어머니의 연대기

이 하나 더 있다. 어머니는 걸어온 긴 인생을 70대, 60대, 50대, 이렇게 걸어온 방향과는 반대로 지우고 있다는 것이다. 어머니는 70대의 일도 60대의 일도 50대의 일도 말하지 않았다. 절대로 말하지 않는다는 얘긴 아니고, 머리가 쉬는 오전 중에는 비교적 근래의 일도 기억해내고 화제에 올리기도 하는데, 오후가 되면 어림없는 일이었다. 우리가 그런 시절의 일을 거론해서 화제로 삼으면,

"그런 일이 있었나."

하면서 고개를 갸우뚱했다. 처음에는 모르는 척하는 게 아닐까 생각했는데 그건 아니었다. 그런 일들은 어머니의 뇌리에서 흔적도 없이 사라졌거나, 사라지려는 참이었다. 어머니는 자신이 걸어온 방향과는 반대로 태어난 쪽을 향하여 차례차례 지워가는 것이었다. 완전히 사라진 부분이 있는가 하면 지워지기 시작하는 부분도 있고 다소 남아 있는 부분도 있었다.

이런 식으로 보면 어머니가 아버지 이야기를 하지 않게 된 일이나 젊은 날의 추억만이 어머니 입에서 튀어나오는 것도 설명할 수 없는 것만은 아니었다.

나는 「꽃나무 아래에서」라는 글에서 이러한 시기의 어머니 모습을 묘사했다. 어머니는 나이 여든의 여름에 도쿄 생활을 정리하고

고향으로 내려갔다. 도쿄의 공기 오염 문제가 신문에 거론되기 시작하던 무렵으로, 구와코의 집 근처에도 갑자기 자동차가 많아져서 아무래도 도쿄는 더 이상 늙은 어머니가 계시기 적당한 곳이 아니었다. 그러던 차에 그때까지 미시마에 살고 있던 시가코 부부가 고향 마을에 직장을 얻었고 아주 자연스럽게 고향 집에서 어머니를 모시게 된 것이다. 구와코는 몇 년간 어머니를 모시느라 지쳐 있었고, 시가코는 반대로 어머니의 만년을 자신이 돌보는 것도 나쁘지 않다고 생각했다. 어머니 입장에서는 아는 사람도 많은 고향 생활이 당연히 좋을 터였다.

도쿄를 떠나기로 예정돼 있던 날 폭우가 내렸다. 어머니는 전날 밤 우리 집에 와서 다음 날 출발하기로 되어 있었다. 주위 사람들은 하루 늦추자고들 했지만, 어머니는 듣지 않았다. 그러면서 지금까지 살고 있었던 구와코네 일이 걱정되는 듯, 문단속은 했는지 어떤지를 자동차에 탈 때까지 몇 번이나 계속 물어서 구와코에게 핀잔을 들었다. 혼이 날 때마다 어머니는 아가씨처럼 겸연쩍어했다. 보통 때와는 다르게 화를 내지 않은 이유는 아마도 고향에 돌아간다는 기쁨 때문이었을 것이다.

내 어머니의 연대기

2

도쿄에서 지내던 후반기에 어머니는 가끔씩 감기나 현기증으로 하루 이틀 자리에 눕는 일이 있어서 주변 사람들은 역시 나이는 당할 수 없다고 생각했다. 하지만 고향으로 거처를 옮긴 후에는 전혀 달라졌다. 못 알아볼 만큼 혈색이 좋아지고, 매일 한순간도 쉴 틈이 없다고 할 만큼 부지런히 몸을 움직였다. 마을의 관혼상제에도 얼굴을 내밀고 싶어 해서 그때마다 주위 사람들을 곤란하게 했다. 여든을 넘긴 노파가 사람들이 많이 모인 곳에 나서는 것은 좋지 않다고 타일러도 듣지 않았다. 때로는 반상회의 회람판을 들고 이웃집들로 뛰어갔다. 천천히 걸어간 적은 없었다. 자신은 지금 전해야 할 용건이 있다는 생각에 그런 태도를 취하는 것이리라. 그뿐만 아니라 천천히 걸을 때보다 잔걸음으로 달리는 편이 건강 리듬에 맞아서 분명 유쾌하기도 했을 것이다. 어머니가 회람판을 가지고 가면 식구들은 나중에 내용을 알아보기 위해 이웃집으로 찾아가야만 했다. 이중으로 수고를 하는 것이다.

어머니는 건강했고 피로를 몰랐다. 적어도 주위 사람들 눈에는 그렇게 보였다. 식구들이 거실에 모여 차를 마시거나 할 때에는 어머니도 분위기를 맞추기 위해 작은 몸을 한켠에 앉혀두었는데 언제나

시선은 정원을 향하고 있었다. 개가 정원에 들어왔다면서 일어나려
하고 정원수 잎이 떨어졌다면서 일어나려고도 했다. 가만히 있지를
못하는 듯했다. 어머니는 하루에 몇 번이나 정원용 빗자루와 쓰레받
기를 들고 마당에 나갔다. 당신은 단 한 장의 잎이 떨어져 있는 것
도 그냥 두고 보지 못했다. 추운 겨울날에는 주위 사람들이 밖에 나
가지 못하게 했지만, 하루 종일 감시할 수도 없는 노릇이라 어머니
는 틈을 보아 몇 번씩이나 마당으로 나갔다. 서릿발로 인해 이끼가
도드라진 마당 한쪽에 서서 쓰레기를 찾는 어머니의 자그마한 모습
은 너무나 추워 보였지만 그런 일들에 단련이 되는 것인지 감기 한
번 걸리지 않았다.

　고향으로 이사한 후 1년 정도는 기억력도 다소 회복된 듯싶었는
데 2년째부터는 도쿄에 있던 상태로 돌아갔고 아주 조금씩 악화되
었다. 어머니는 전보다 자주 같은 말을 반복하게 되었다. 내가 내려
가면 맨 처음 물음이 언제나 정해져 있었는데, 기차에 사람이 많았
는가였다. 그 질문은 몇 번씩이나 반복되었다. 다른 생각으로 전환할
수 없는 어머니 모습을 보고 있노라면 안타깝고 가슴이 아팠다. 어
머니에게는 귀성하는 차 안에서 순조롭게 왔는지 혹은 번잡스러워
서 힘들었는지 어떤지가 가장 큰 관심사였고, 그것이 고장난 레코드

　　　　　　　　　　　　　　　　　　　　　　내 어머니의 연대기

판에 새겨진 이상 한동안은 끝없이 반복해야만 했다. 내가 내려갔다가 올라올 때에도 마찬가지였다. 어머니는 내가 돌아간다는 사실을 알면 그 내용을 레코드 판에 새기고는 내가 실제로 문을 나설 때까지 몇 번이고 반복했다. 그래서 우리 집 식구들은 가능하면 아무것도 어머니에게 알리려 하지 않았다. 따라서 어머니는 뭐든지 갑자기 일어난 일이라고 생각할 터였다. 내가 고향으로 내려가는 것도 도쿄로 돌아오는 것도 어머니에게는 갑작스런 사건이었다.

이런 어머니를 상대하는 시가코는 남매들이 찾아갈 때마다 일전에 도쿄에서 구와코가 토로하던 고충을 호소했다. 어머니를 모신 지 2년, 시가코는 누가 봐도 피로해 보였고 몸도 눈에 띄게 야위었다. 갱년기의 건강장애라고도 할 수 있었지만 어머니를 돌보는 것이 너무나 힘들 터였다. 어머니는 하루 종일 시가코에게 찰싹 붙어 있었다. 시가코가 부엌에 서면 어머니도 부엌에 서고 시가코가 현관에서 손님과 응대하고 있으면 어머니도 거기에 나왔다. 엄마에게 찰싹 붙어 있는 아이와 똑같았다. 시가코는 어머니가 곁에 있는 동안에는, 신경을 쓰지 않고 마음을 편히 먹을 수가 없었다. 어머니가 보이지 않으면 또 보이지 않아서 걱정이 되므로 어머니를 찾아 돌아다녀야만 했다. 시가코는 집안을 찾아보고 어머니의 모습이 보이지 않는다며 뒷문으로 나가보고 현관 쪽으로 향하기도 했다. 시골이라서 부지는 700평 정도 되었는데 시가코는 마당이 너무 넓다는 불평을 털어놓기도 했다.

가사를 맡아줄 사람으로는 도쿄에 있을 때부터 어머니를 돌봐온 같은 고향 출신 아가씨인 사다요 이외에도 작년에 과부가 된 친가 쪽 숙모님이 와 계셔서 일손이 부족하진 않았다. 그래도 집안 전체가 어딘가 불안정했고 누구나 고향 집에 있으면 마음을 놓을 수가 없었다.

"할머니 그건 알아요. 벌써 몇 번이나 들었어요."

시가코의 경우는 그렇다 치더라도 사다요나 아주머니가 이런 말을 하면 어머니는 화를 냈다. 화를 내도 금방 잊어버리기는 하지만 당시에는 진지하게 화를 냈다. 자신이 낳은 자식들에게는 별생각이 없는 듯했지만 타인들에게는 가차 없이 화를 내는 것이었다. 당신같이 나쁜 사람은 없을 거라든가 당신은 무서운 사람이라며 극단적인 말을 퍼부어서 가족들을 조마조마하게 했다. 그럴 때에는 노쇠함과는 또 다른 면이 드러났는데 어려서부터 제멋대로 응석부리며 자라온 여자아이의 나이 든 얼굴이 보였다. 젊은 시절 불같던 성격의 어머니 얼굴이 조금 모양을 바꾸어 거기에 드러나 있었다. 분노하거나

　　　　　　　　　　내 어머니의 연대기

흥분하지 않는 한 어머니는 같은 일을 반복할 때의 얼굴이 가장 온화했고, 다른 사람들이 모두 웃으면 자신을 보고 웃는 거라는 사실을 눈치채지 못하고 같이 웃었다. 그런 얼굴은 순수한 아가씨 표정이라고까지 할 수 있을 정도였다. 고향에 가면 나는 언제나 어머니의 두 얼굴을 보았다.

고향에 돌아온 지 2, 3년 사이에 어머니는 70대도 60대도 50대도 40대도 지워버렸다. 이 증세는 도쿄에 계실 때보다 좀더 확실한 형태로 나타났는데 점차 잃어가는 과거가 많아지고 있는 듯했다. 자신의 노년기나 중년기는 스스로 생각해내거나 말할 일도 없었다. 이쪽에서 어떤 시기의 기억을 되돌려보려고 온갖 미끼를 던지지만 대부분 쓸데없는 짓이었다.

"그래, 그래, 그런 일이 있었을지도 모르겠다."

어머니는 조금 생각이 나는 듯이 말하곤 했지만 실제로는 아무것도 떠올리지 못했다.

"큰일이야, 할머니는."

누가 그렇게 말하면,

"정말 큰일이지, 치매라는 건."

때로는 웃으면서 이렇게 말해 주위 사람들을 깜짝 놀라게 할 때가 있다. 자신이 치매라는 이야기를 한다 해도 어머니가 그런 증상을 인정하거나 자각하고 있는 것은 아니다. 대강 대강 질문을 하면서 자신을 곤란하게 만드는 주위 사람들에게, 당신들은 내가 이렇게 말하면 만족하겠지, 그런 것쯤은 간단한 일이야, 얼마든지 말해드리지, 라는 식이었다. 너무나 솔직하게 들리는 말 속에서는 반항기가 느껴졌다.

어머니는 군의관이었던 아버지와 함께 도쿄와 가나자와, 히로사키, 타이페이에 각각 몇 년씩 살았는데 지금은 모든 기억이 소실되어 아무런 생각도 떠올리지 못했다. 그러나 가끔씩 우리가 어머니의 잃어버린 시절 이야기를 하고 있으면 문득,

"그래, 그러고 보니 그런 일이 있었지. 세상에, 그때 거기에 있었던 사람이 정말 나였을까? 설마 그럴까. 그렇다 해도 대체 언제 적 일이었을까."

이런 식으로 이야기할 때가 있었다. 그럴 때의 어머니 표정에는 무심하면서도 놀라운 무언가가 있었다. 갑자기 발밑의 낭떠러지를 들여다보고는 무심코 뒷걸음질이라도 치는 것처럼, 순간적으로 자신만의 세계에 들어가서 신묘한 표정으로 얼굴을 조금 기울이고는 무언가를 계속 생각하는 듯한 행동을 했다. 하지만 지극히 찰나의 일이었고 어머니는 금방 표정을 풀었다. 무언가를 생각해내는 것이 귀

          내 어머니의 연대기

찾아졌든 도저히 생각해낼 수 없다 싶어 포기했든 둘 중 하나였다.

이렇게 어머니는 70대에서 40대에 걸친 과거를 상실해갔다. 잃어버린 부분은 전부 캄캄한 어둠으로 칠해진 것이 아니라 안개가 피어오르는 상황일 거라는 생각이 들었다. 짙은 안개가 있는가 하면 옅은 안개도 있고 안개 틈에서 확실히 알아보기는 어려운 실체가 흐릿하게 얼굴을 내비치기도 한다. 도쿄 시절의 어머니와 고향에 돌아온 어머니의 차이는 아마도 피어오르는 안개의 농도 차이일 거라고 생각했다. 어머니의 과거를 묻어버리려는 안개는 점차 짙어지고 폭을 넓혀가고 있는 것이다.

우리 남매들은 어머니가 이렇게 자신의 인생을 말살하는 방식을, 점차 어린아이로 돌아가고 있다는 식으로 해석했다. 사람이 나이를 먹으면 점점 어린아이로 돌아간다고들 하는데 어머니는 바로 그렇게 보였다. 어머니는 일흔여덟 살 무렵부터 자신이 걸어온 인생을 조금씩 지우며 거꾸로 걸어가기 시작한 것이다. 매년 조금씩 젊어지는 게 아닌가 싶었다.

어린아이로 돌아가고 있는 거라는 견해를 처음으로 피력한 사람은 아내였다. 어머니가 아직 도쿄에 계실 때의 일이었다. 장모님은 여든넷 고령으로 타계하셨는데 우리 어머니와는 달리 마지막까지 무서울 정도로 의식이 또렷했다. 그래도 작고하시기 반년 전부터는 갑자기 기억력이 떨어지기 시작하여 기억을 잃어버림과 동시에 급속히 어린아이로 돌아갔다. 주위 사람들이 눈치챘을 때에는 어렸을 때 길러준 언니 이름을 일종의 어리광을 부리는 독특한 말투로 부르고 있었다. 그리고 돌아가시기 2, 3일 전에는 입을 동그랗게 모으고 젖을 빠는 흉내를 내며 손가락을 입에 넣고는 빨았다고 한다.

"결국 같은 거죠. 우리 어머니는 눈 깜짝할 사이에 갓난아이로 돌아가버렸지만 이쪽 할머님은 템포가 느린 거예요. 갓난아이가 되려면 20년은 걸리지 않을까."

아내는 이렇게 말했다. 처음에는 아내 이야기를 반신반의하며 들었는데 어머니가 고향으로 내려가신 후에 아주 자연스레 나도 남동생도 여동생들도 그런 이야기를 주변에서 수집하게 되었다. 우리는 어머니 때문에 상대가 누구든 그런 노인들에게 관심을 가질 수밖에 없었다.

우리 남매는 언제가 고향 집에서 자신들이 들은 이야기를 서로에게 들려준 적이 있었다.

남동생은 누마즈(沼津)에 있는 농촌에서 여든 살 노파가 돌아가시기 2, 3년 전부터 헝겊으로 만든 공놀이를 하고, 공기놀이를 하고 싶

  내 어머니의 연대기

어 했다는 이야기를 하고는, 우리 할머니도 곧 구슬치기 따월 하는 게 아닐까라고 말했다. 구와코는 구와코대로 미장원에서 손님에게 들은 이야기를 했다. 역시 여든 몇 살 정도의 노파였는데 돌아가시기 2, 3년 전부터 식사시간이 되면 기다리지 못하고 두 손을 눈에 대고 훌쩍이며 울었다는 이야기였다. 그런 이야기는 많았다. 대부분 노파 이야기였지만 남자 노인의 이야기도 없지 않았다. 내가 어느 잡지사에서 일하는 지인에게 들은 이야기로 그의 아버지는 아흔 살까지 사셨는데 돌아가신 해에는 완전히 어린아이로 돌아가 어느 날 갑자기 보자기에 옷가지들을 싸서 집을 나가려 했다. 이것을 본 집안사람들이 어디에 가느냐고 추궁하자, 집으로 돌아간다고 했단다. 이 노인은 양자였기 때문에 옆 마을에 있던 생가에 돌아가려 한 것이다. 이 이야기에는 왠지 사람의 일생을 곰곰이 생각하게 하는 서늘함이 있다.

"모두들 눈 깜짝할 사이에 어린아이로 돌아가버리지. 하지만 우리 할머니는 열 살 정도일 때도 있고 서른 살 정도일 때도 있어. 그 슈마 오라버니 이야기를 할 때는 열 살 정도 같은데, 그래도 대개는 서른 살 정도가 아닐까. 그 나이 때의 애길 잘하시지."

시가코가 이렇게 말하자,

"도쿄 시절에도 서른 살 무렵 일이 제일 많았다던데. 지금도 마찬가지라면 서른 살 정도에서 멈춘 거 아닐까. 큰일이네, 거기서 어린아이까지 돌아가려면.”

구와코는 이렇게 말했다. 그러고는 적어도 스무 살 정도까지 돌아가서 멈춰주었으면 좋겠다든지, 열대여섯 살 정도까지 돌아가서 멈추면 이런 일은 없겠지라는 둥 자식들은 제멋대로 이러쿵저러쿵 이야기를 나누었다.

그때 시가코의 남편인 아키오가 말했다. 매일 같은 집에서 장모와 살고 있는 그에게는 특유의 관점이 있었다.

“할머니가 몇 살에서 멈춰 있는지도 잘 모르지만, 연령으로 추정하기 어려운 변화도 있는 것 같아. 분명히 요 1년 사이에 변하셨지. 할머니는 무서울 정도로 세상일에 무관심해져 있어. 누가 누군지 모르게 되었다고 말해버리면 그뿐이겠지만 이 집에 오는 방문객 누구에게도 전혀 관심을 보이지 않게 된 거야. 전에는 이렇진 않았어. 단, 젊은 아가씨를 만나면 상대가 누구더라도 꼭 시집은 갔느냐고 묻고, 시집간 사람한테는 아이는 생겼는지 물어보지. 결혼과 출산이 아니라면 여자에게 관심이 없어. 그 외엔 부의금에 관심을 보일 뿐이야. 죽음이지. 누군가 죽었다는 얘기를 들으면 금세 부의금첩을 꺼내러 가서. 사람이 죽어도 슬픈 얼굴을 하는 게 아니라 그저 부의금에 신

    내 어머니의 연대기

경 쓰는 거야."

　아키오는 이렇게 말했다. 듣고 보니 확실히 그랬다. 사람이 죽어서 부의금을 보내는 것에 이상하리만큼 집착하기 시작한 때는 도쿄 시절 말기였다. 그것이 요즘은 더 심해지고, 게다가 사무적으로 되어 누군가 병세가 심각하다는 이야기를 들으면 곧 죽을 거라고 단정해버리고 부의금첩을 꺼내 보내야 될 금액을 알아보고 있다. 아무리 부의금첩을 열어봐도 곧 잊어버리니까 몇 번이나 다시 확인해야 하고, 또 금액을 확인해봐도 정작 달라진 돈 가치를 환산할 수가 없기 때문에 열어봐야 별 의미가 없는데도 꼭 그렇게 해야 직성이 풀렸다.

　"부의금을 받고, 받은 금액만큼 돌려준다, 이건 분명 인간의 채무 관계 중에 가장 기본이 되는 것인지도 몰라요. 어딘가 불길하기도 하지만 훌륭한 것 같기도 해요. 확실히 사람은 태어나서 결혼하고 아이를 낳고 죽는다, 인생을 약처럼 달여보면 결국 이것만 남을지도 모르죠. 서른 살과도 무관하고 아이로 돌아간다는 것과도 관계가 없는데. 도대체 뭘까요, 이건."

　아키오의 말을 듣고 우리들은 대답에 고심했다. 자식들이 어머니를 보는 관점에는 분명 관대한 부분이 있었지만, 사위인 아키오는 핵심을 짚어낸 느낌이 들었다. 어느 노쇠한 노파의 행동을 정확히 보고 있었다. 나는 아키오의 말을 듣고 어머니의 노쇠한 상태를 다시 한번 생각해봐야겠다고 마음먹었다. 아키오도 "도대체 뭘까요, 이건"이라고 말했는데, 정말 그게 무얼까……. 어머니의 머리를 고장난 레코드판이 돌고 있는 장소로만 여겨왔는데, 어쩌면 작은 선풍기가 돌면서 어머니의 인생에서 불순물을 차례로 털어내고 있는지도 몰랐다. 이런 식으로 생각하면서 어머니를 다시 보니, 당신의 얼굴이 조금 다르게 보였다. 나는 자신에게 소중한 것은 얼마든지 반복해서 몇 번씩이나 이야기하고 있어. 몇 번을 반복해도 괜찮지. 자네들은 내가 건망증이 심하다고 하지만 글쎄 뭐랄까, 쓸데없는 것들은 모두 잊을 만도 하지 않나. 꼭 기억해두어야 할 것은 과연 뭘까. 타이페이에 가고 가나자와에 가고 히로사키에도 갔지만 그리 재미는 없었지. 다 잊어버리는 거예요. 자네들 아버지에 대해서도 다 잊어버렸어. 그래, 부부였으니 분명 즐거운 일들도 있었겠지. 하지만 즐거움도 슬픔도 어차피 현세의 물거품 같은 것이겠지. 잊어버려서 안타까울 일은 없어. 남에 대해서 잊어버렸다, 잊어버렸다, 하면서 도깨비의 목이라도 딴 것처럼 호들갑을 떨 필요는 없지. 남자는 잘 모르겠지만 여자에게는 결혼과 출산이 가장 큰 사건이에요. 그러니까 여자에게는 그것만 물어보는 거지, 딱히 물어볼 것도 없잖아. 부의금은 갚아야지. 우리 집

  내 어머니의 연대기

에 큰일이 있었을 때 받은 돈이니까, 그쪽에 큰일이 생기면 돌려줘야 되는 거라고. 저쪽에서 죽고 이쪽에서도 죽고 그때마다 부의금을 내고 또 받고, 오랜 시간이 흐르면 손해도 이득도 없이 결국은 똑같은 거지만 세상사 그런 일들을 하며 사는 거야. 죽은 후에 저세상에서 부의금을 안 보냈다는 소릴 듣기는 싫으니까.

아키오의 지적에 나는 어머니에 대해 여러 생각을 했는데, 시가코는 시가코대로 남편과는 또 다르게 어머니의 부의금에 대한 특별한 견해를 갖고 있었다.

"할머니가 부의금, 부의금 하면서 떠들잖아요. 난 요즘은 부의금첩을 할머니가 못 찾도록 장롱 속에 숨겨놓고 있어. 뭐랄까, 옛날에 받은 부의금을 다 돌려줘버리면 할머니가 덜썩 돌아가버리실 듯해서 말야. 할머니는 글쎄, 부의금을 갖고 명단에 한 줄 한 줄 선을 긋고 있다니까."

시가코는 이렇게 말했다.

3

어머니가 고향에서 시가코와 함께 산 지 4년째 되던 해, 어머니의 바로 밑 남동생인 게이치 외삼촌이 미국에서 돌아왔다. 게이치 외삼촌은 생존해 계신 유일한 숙부였다. 그는 메이지 말기에 스물한 살의 나이로 미국으로 건너가 태평양전쟁 전에는 샌프란시스코에서 호텔을 경영해 이민자로서는 성공한 편이라고 말할 수 있었다. 하지만 전쟁이 시작됨과 동시에 다른 일본인들처럼 수용소로 이송되었다. 일본이 패전한 후에는 샌프란시스코에서의 사업상 권리를 모두 포기하고 뉴욕으로 이주해 백인이 경영하는 호텔의 지배인으로, 그의 말을 빌리자면, 모국이 패전한 후의 여생을 보내려 했다.

어머니의 형제들은 팔남매였는데 어머니가 장녀, 게이치 외삼촌이 장남으로, 막내인 마키 이외에는 모두 타계했다. 여덟 형제 중 위의 두 사람과 맨 아래 한 명이 남은 것이다. 게이치 외삼촌의 귀국은 나하고도 다소 관련이 있었다. 게이치 외삼촌도 외숙모 미쓰에도 미국 국적을 갖고 있었는데 자식은 없었고 일생을 미국에서 지낼 수도 있는 입장이었다. 하지만 내가 미국 여행 때 뉴욕 교외에 있는 아파트를 방문했을 때, 외삼촌은 얼마 남지 않은 생을 일본에서 지내야 할지, 미국에 남아 있어야 할지를 두고 의논해왔다. 나는 자신 있게 대답할 수 없었다.

외삼촌은 자신이 태어난 고향인 이즈에 동경에 가까운 감정을 갖고 있었다. 그런데 일흔이 넘은 지금까지 반세기 이상을 미국에서 살았고 게다가 미국인이 되어 있는 지금, 일본에 돌아와 영위할 생활이 다소 불안한 듯했다. 고향 이즈에 정착하면 조금은 위안이 되지 않을까 생각되었다. 하지만 한편으로는 주택 문제도 있어서 미국의 아파트 생활에서는 생각할 수 없을 번거로운 일들이 틀림없이 생길 테고, 한정된 연금으로 생활을 이어가야 하는 경제적인 어려움이 있어 어느 쪽이 나은지 가늠하기 어려웠다.

나는 외삼촌 부부를 방문한 이듬해에 또 미국에 갈 기회가 있어서 다시 뉴욕의 아파트에 들렀다. 그때 외삼촌의 마음은 이미 귀국으로 기울어 있었다.

"아직 네 어머니도 계시고."

어머니가 건재하시다는 것이 외삼촌의 귀국 결심에 상당히 큰 역할을 한 듯했다. 게이치 외삼촌은 50여 년 미국에서 생활하던 중에 단 한 번 귀국했는데 그때 만난 누님의 젊은 모습을 잊지 못하고 있었다. 나는 어머니가 당시의 어머니가 아니며, 완전히 나이 들어 노쇠해져 있다는 사실을 전했지만,

"나이 들면 누구나 마찬가지지, 내가 이야기 상대라도 되어드리겠네. 나도 반쯤은 늙어빠진 노인이니까"라고 외삼촌은 말했다.

외삼촌은 자신이 꿈꾸는 일본 생활 속에 늙은 누나를 위한 의자를 마련해둔 것 같았다. 오랜 외국 생활로 용모도 백인과 닮아 있었고 사고방식도 합리적이었으며 종교적이기도 했다.

그해 가을, 외삼촌 부부는 여생을 일본에서 지내기 위해 미국 생활을 청산하고 고향 이즈를 찾아왔다. 나는 외삼촌 부부를 위해 신원보증인이 되어드렸다.

외삼촌은 고향 생활이 안정되자 금세 깔끔한 서양식 주택을 세워 거주했다. 어머니의 집에서 농가 네다섯 채를 건너 도달할 수 있었는데 어머니의 빠른 걸음으로는 1, 2분밖에 안 걸리는 거리였다. 외삼촌 부부는 매일 아침 식빵을 까맣게 탈 정도로 구워서 탄 곳을 정성스레 나이프로 긁어낸 후에 버터를 두껍게 발라서 드셨다. 식사를 하면서 신문을 읽으므로 오전 시간은 거의 아침 식사에 소요되었다. 근처 사람들이나 친척들은 모두 외삼촌 부부를 미국 양반이라고 불렀다. 미국인이니까 미국 양반이라는 호칭이 전혀 이상하지 않았으나 어머니는 갑자기 나타난 남동생이라는 인물을 사람들이 미국 양반이라고 부르는 것을 납득하지 못했다. 호칭에 반감이 생겼다기보다 그런 이름으로 불리는 인물이 남동생으로 나타나고 주위 사람들이 거기에 걸맞은 대우를 하고 있다는 사실을 이해할 수 없을뿐더러

   내 어머니의 연대기

마음에 들지 않는 모양이었다.

외삼촌 부부가 실제로 귀국할 때까지 어머니는 상당히 기다리고 계셨다. 게이치가 귀국한다는 사실이 레코드 판에 새겨져서 약 반년 간을 매일매일 회전했다. 어머니는 젊었을 때부터 남매들 중에서도 어려서 도미한 게이치에게 가장 호감을 품고 있었다. 게이치만 있었더라도…… 무슨 일이 있을 때마다 이런 말을 하곤 했다. 그런 게이치가 귀국했으므로 어머니의 기쁨은 주위 사람들이 이해하지 못할 정도로 컸음에 틀림없다.

그러나 막상 외삼촌 부부가 오고 나자, 어머니는 예상외로 그리 기뻐하지 않았다. 과연 실제로 게이치가 귀국했는지 자체가 의심스럽다는 생각이 마음속 어딘가에 있는 듯했다.

어머니는 거의 매일 찾아오는 외삼촌과 이야기하고, 차를 마셨는데 새로운 지인이 자신의 교제 범위 속으로 들어왔다는 식의 반응을 보였다. 이 새로운 지인이, 자신의 육친인 남동생이자 평생 호감을 가져온 게이치이며 무슨 일이 있을 때마다 언제나 전폭적인 신뢰를 보냈던 그 남동생인지 아무래도 납득하지 못하는 듯했다.

외삼촌도 처음에는 어머니에게 친절했지만 예상보다 노쇠의 정도가 심한 누님의 똑같은 이야기를 반복해서 듣다보면 세 번에 한 번

쯤은 짜증스러운 대꾸를 하지 않을 수 없는 노릇이었다. 그래도 남동생이 누나를 대하는 상냥함에는 어머니를 대하는 자식의 상냥함과는 다른 점이 있는 것 같았다. 나와 구와코 등이 고향에 내려가면 외삼촌은 어머니를 두둔하는 태도를 보였다.

"할머니도 최근에는 그다지 같은 말을 계속하지는 않게 되었어."

외삼촌은 이렇게 말했다. 그리고 우리에게 어머니의 노쇠한 모습을 보이지 않으려고 작은 소리로 어머니를 혼내기도 하고 타이르기도 했다. 누나와 남동생, 두 노인들의 관계는 우리들의 눈에는 기묘하게 비쳤다. 외삼촌은 어머니를 돌보다가 화를 내기도 해서 이제 두 번 다시 당신 같은 바보하고는 만나지 않겠다고 일갈하고 집으로 돌아가버리는 일도 있었다. 자식들보다 외삼촌이 어머니를 혼내는 방식이 더 과격했다.

외삼촌은 어머니 일로 초조해하며 화를 내고 있었지만 어머니는 외삼촌을 이름으로는 부르지 않았다. 늘 미국 양반이라고 불렀다. 그 호칭에는 다소 경멸감이 담겨 있었는데 외삼촌이 없는 곳에서는 뭐야 미국 양반이, 미국 양반 주제에, 라는 등의 말을 했다. 그러면서도 외삼촌이 나타나지 않는 날에는 몇 번이나 미국 양반 집으로 찾아갔다. 지금 막 찾아갔던 것을 잊어버리고 금방 다시 밖으

　　　　　　　　　　　　　내 어머니의 연대기

로 나가곤 했다.

"도대체 할머니는 미국 양반이 게이치 외삼촌이라고 생각하고 있는 걸까?"

나는 집에 돌아올 때마다 이런 질문을 내뱉었다. 매일 함께 살고 있는 시가코도 이 점에는 정확한 판단을 내릴 수 없었다. 분명 남동생 게이치라고 생각하고 있다거나, 아무래도 그렇게 생각하고 있지는 않은 것 같다는 둥 대답이 그때마다 달랐다. 어느 쪽이라도 해도 늙은 누나와 늙은 남동생의 거래는 외삼촌이 손해라는 게 명백한 일이었다. 외삼촌은 누나를 감쌌는데 너무 감싸다가 결국 화를 내고는 어머니와 말싸움을 했다. 그런 일들을 하기 위해서 일본에 돌아온 셈이었다. 외삼촌은 매일 주름이 깨끗하게 잡힌 바지를 입고 넥타이를 하고 스웨터를 걸치고 구두를 신은 말쑥한 차림으로 찾아와, 화가 나지 않을 때에는 어머니의 말상대를 해주고, 화가 난 날에는 집 안에는 들어오지 않고 마당을 빙글빙글 돌며 산책을 하고는 돌아갔다. 어머니는 정원용 게타를 끌고서, 집에 들어오지 않고 산책을 하는 외삼촌을 마중 나가기도 했다. 그럴 때 외삼촌은 어머니를 피해서 쳐다보지도 않고 돌아가려 했으나 어머니가 몇 배나 걸음이 빨랐기 때문에 금방 따라잡히곤 했다. 우리들은 외삼촌과 어머니가 뒷문

쪽 귤나무 옆에서 마주 서 있는 모습을 자주 보았다. 때로 원수지간
처럼 보였으나 늙은 누나와 남동생이 소근소근 이야기하는 모습으
로 보이기도 했다. 이럴 때 보면 어머니는 정말 맞서볼 만한 친구를
하나 얻었다는 정도로나 생각하는 모양이었다.

외삼촌이 귀국한 지 2년째를 맞은 작년 초여름 일이다. 돌연 시가
코에게서 도쿄의 우리 집으로 전화가 걸려왔다. 아키오가 자동차 사
고로 입원했었는데 겨우 퇴원하고서 목발을 짚고 집에서 쉬고 있던
시기였다. 시가코는 어머니에게 잔뜩 화가 나 있었다.

오랫동안 어머니를 돌봐왔지만 이제는 지쳐버렸다. 자기는 어쨌
든 참는다 하더라도, 어머니는 도대체 무슨 생각인지 모르겠지만 누
웠다 일어났다 하는 아키오에게 볼 때마다 빈정거리고 얄미운 말
을 해댔다. 오늘 아침에도 매일 집에서 빈둥빈둥하고 있다니 대단하
신 몸이시군요라고 말했다. 아키오는 말대꾸를 하지는 않지만 그래
도 불쾌하지 않을 리가 없다. 머리가 고장났으니 어쩔 수 없다고 생
각하면 그뿐이겠지만, 아키오를 자기 피붙이가 아니라 사위라고 생
각해 그런 말을 할 터였다. 어머니는 노쇠해져 치매 증상이 있었는
데도 그런 부분은 분명히 구분하고 있다. 시가코가 화를 내면 여기
는 우리 집이니 나가달라고 말했다. 나가도 된다면 문제될 리 없겠

지만 나갈 수도 없으니 시가코 자신도 점점 야위어가는 것이다. 이제 어머니를 더는 돌볼 수 없을 듯한 기분이다. 최근 어머니의 치매 증상은 더 심해져서 잠시도 눈을 뗄 수가 없다. 그건 그렇다 치더라도 아키오는 앞으로 보름 정도 재입원을 해서 또다시 수술을 받게 되었다. 그러면 시가코는 매일 병원에 다녀야 하는데, 가장 곤란한 것은 어머니를 돌보는 일이다. 어머니는 집안일을 도와주는 아가씨인 사다요나 아주머니가 상대할 수 있는 만만한 사람이 아니다. 적어도 아키오가 입원해 있는 동안만이라도 할머니를 남매들 중 하나가 맡아주었으면 한다.

이런 내용의 전화였다. 전화를 받은 사람은 나였다. 수화기 저편에서 들려오는 목소리로 시가코가 격앙되어 있음을 생생히 느낄 수 있었다. 어머니는 딸 시가코를 완전히 화나게 해버린 것이다. 그날 밤 우리 집에 남동생과 구와코가 모여서 의논했다.

"할머니가 드디어 언니를 화나게 해버렸네. 그래도 오늘까지 잘 버텨온 거지."

구와코의 말이다.

"폭발한 거지. 그래, 폭발할 만도 해. 매일매일이 지옥 같을 거야."

남동생도 맞장구를 쳤다. 문제는 어머니가 과연 도쿄에 올 마음이 생길까 하는 것이었다. 그래도 데려와야만 했다. 다른 경우와 달리 아키오의 치료 경과가 만족스럽지 않은 것 같고, 벌써 몇 년째 어머니를 맡겨놓았던 형제들로서는 이번엔 시가코 부부 처지를 생각해주어야만 했다.

결국, 이런저런 의논을 한 결과 어머니를 일단 도쿄의 우리 집으로 모셔온 다음에 가루이자와(輕井澤 : 나가노 현에 있는 피서지, 별장지 – 옮긴이)로 옮겨가기로 결정했다. 나는 일 관계로 가루이자와에 여름에만 이용하는 집을 갖고 있었는데 어머니가 가루이자와의 여름 생활을 의외로 마음에 들어 하지 않을까 다들 기대하고 있었다.

의견이 정리되자 하루 이틀 정도가 지나 구와코와 남동생이 어머니를 모시러 고향으로 내려갔다. 우리 집에서는 평년보다 조금 빨리 가루이자와 별장을 사용하기로 하고 집안일을 도와주는 아주머니와 딸 요시코가 선발대로 출발했다.

남동생과 여동생이 어머니를 모시고 도쿄의 우리 집으로 왔을 때 나는 다른 사람처럼 초췌해진 어머니 모습을 보았다. 4시간 정도 자동차에 시달린 탓인가 생각해서 그날 밤은 빨리 잠자리에 드시게 했는데, 고향에서 데려온 어머니를 돌보는 사다요와 구와코가 어머니 옆에서 잤다. 하지만 어머니는 거의 주무시지 않았다. 눈을 뜨더니

　　　　　　　　　　　　　　　　　내 어머니의 연대기

짐을 안고서 아래층으로 내려가려고 했다. 하룻밤 내내 어머니는 고향에 돌아간다는 말을 되풀이했다.

어머니는 새벽이 되어서야 잠이 들었고 10시쯤 깨어나서 아래층으로 내려왔는데 안색도 어젯밤보단 나아졌고 좋은 마당이구나 칭찬해줄 정도로 여유로운 기분을 내보였다. 그런데 오후가 되자 상황이 나빠졌다. 고향 집에 돌아가야 한다는 사실이 당신 머리를 점령해버려, 어머니는 구와코 뒤를 쫓아다니며 빨리 출발하지 않으면 저녁때까지 고향 집에 도착하지 못할 거라며 닦달을 했다. 왜 어머니가 상경해야 했는지를 아무리 설명해도 절대 받아들이지 않았다. 돌아가야 한다는 결심만이 어머니의 마음을 점령하고 있었다.

구와코도 자신의 일을 해야 했으므로 어머니만 돌보고 있을 수는 없었다. 그래서 2, 3일 정도만 우리 집에 있다가 돌아갔는데 그 후에는 가끔씩 찾아와서 얼굴을 내밀었다. 구와코가 없을 때에는 아내가 구와코 역할을 해야 했는데 이건 역효과를 냈다. 아내를 자신을 이런 상황으로 내몬 장본인으로만 보는 것이다. 어머니는 오로지 사다요 뒤를 쫓아다녔고 구와코에게도 똑같이 언제 돌아가느냐며 안달을 했다.

어머니는 나에게는 조금 참아주는지 내 앞에서는 뭐 그리 서둘러

내려갈 필욘 없지만 가능하면 오늘이나 내일쯤 집으로 돌아가고 싶다고 말했다.

매일 밤이 되면 구와코나 남동생이 짬을 내서 찾아와 어머니의 말상대를 해주었다. 둘이서 같이 올 때도 있었다. 처음에는 조금 있으면 포기하고 도쿄 생활에 익숙해질 거라고들 얘기했는데 점차 어머니에게 그런 걸 바라는 게 부질없는 일이라는 사실을 깨달았다. 이렇게 고향으로 돌아가고 싶어 하는데 무리해서 잡아두어 불쌍하다고 생각했다. 그러던 차에 가루이자와에 가 있는 딸한테서 전화가 왔다. 이제 비도 그치고 오늘부터 여름다운 햇살이 비치기 시작했으니 할머니를 이쪽으로 모시는 게 어떠냐는 얘기였다. 내가 도쿄의 상황을 전하고 가루이자와 행은 처음부터 예정되어 있었던 일이고 그런대로 괜찮겠지만 할머니를 돌보는 일은 힘들 테니 각오해야할 거라고 하자,

"할머니는 제가 돌볼게요. 주위 사람들은 할머니 기분이 되어드리지 못해서 기분을 상하게 하는 거라고 생각해요. 저라면 잘할 수 있을 것 같아요. 전 할머니를 좋아하고 할머니도 절 좋아하시구요. 아무래도 여든넷의 할머니에게는 여든넷의 할머니 마음이 되어드려야죠."

 　　　　　　　　　　　　　　내 어머니의 연대기

딸은 이렇게 말했다. 이 아이가 이런 말을 한 적은 없었기 때문에 놀랐다. 대학에 다니는 딸아이에게 아버지인 내가 어머니를 대하는 법에 대해 질책을 받는 상황이었다. 하지만 딸의 그런 말투에는 모두들 큰일이야, 큰일이라고 말하는 할머니를 맡아서 제대로 돌보겠다는 장한 결심이 없지 않았다. 하지만 그 씩씩함이 며칠이나 갈지…….

그날 밤, 어떤 반응이 있을지도 모르지만 어쨌든 어머니에게 가루이자와 행을 얘기해보기로 했다. 대학 연구실에 다니는 큰아들이,

"할머니, 가루이자와에 가보세요, 기분이 좋을 거예요."

갑자기 단도직입적으로 말하자,

"가루이자와, 좋겠네, 거기서 며칠 지내면 정말 기분 좋겠다."

하고 어머니는 말했다. 어머니는 도쿄에서 구와코 집에 있을 무렵에 며칠 가루이자와에서 지냈는데 그때 기억을 간직하고 있는 것 같았다.

"자, 그럼 2, 3일 후에 가루이자와에 가시죠"라며 구와코가 확인했다. 그러자 "그럼, 가고말고"라고 어머니는 순순한 얼굴로 대답했다. 가루이자와에 가는 일이 무척이나 기쁜 것 같았다.

가루이자와 행은 여러모로 생각한 끝에 자동차를 이용하기로 했

다. 그리고 어머니의 마음을 가장 잘 아는 구와코와 남동생이 동행하기로 했다. 하지만 차에 오를 때, 어머니는 고향에 돌아가는데 선물 하나 없이 가기는 곤란하다는 말을 꺼냈다.

"고향으로 내려가는 게 아니라 가루이자와에 가는 거예요"라고 구와코가 말하자,

"말도 안 되지, 가루이자와라니 그런 델 누가 간다는 거야. 나는 고향에 가. 다른 덴 절대 안 갈 거야"라고 어머니는 말했다.

구와코와 남동생은 어머니를 양쪽에서 안아 올리듯이 붙잡아 차에 태웠다.

"걱정 안 해도 돼요."

구와코는 배웅 나온 우리들에게 이렇게 말하고는 "자 고향 가루이자와로 가주세요"라고 운전기사에게 말했다.

나는 이틀 정도 늦게 사다요와 함께 가루이자와로 출발해 정오가 지나 도착했다. 집 문 앞에서 내려 우거진 나무들이 양쪽을 둘러싼, 좁지만 완만하게 경사진 긴 언덕길을 올라가자 정원에서 풀을 뽑고 있는 어머니 모습이 눈에 들어왔다. 그 옆에서 요시코는 야외용 등나무 의자에 몸을 눕히고 있었고, 남동생은 정원에 깐 돗자리 위에서 옷을 벗은 채 일광욕을 하고 있었으며, 구와코는 그런 모습이 모

두 보이는 베란다 의자에서 책을 읽고 있었다. 나와 사다요를 바라보는 어머니의 얼굴은 밝고 온화했다. 나는 안도의 한숨을 내쉬었다.

"할머니는 오늘도 기분이 좋아요. 어제는 조금 말을 안 듣는 할머니였지만 오늘은 똑똑하시죠, 네?"

구와코는 반쯤은 어머니에게 들려주는 듯한 말투로 말했다. 가루이자와에 도착한 그저께 어머니는 차에 시달려 지친 나머지 반쯤 착란 상태가 되어 자신이 끌려온 곳이 고향 마을이 아니라는 데 화를 내고, 밤새 잠을 못 이루면서 옆에서 자는 구와코와 요시코를 고생시켰다는 것이다. 어제 오전에는 얌전했다. 집 주변을 산책하고는 시원한 곳에 와서 다행이라고 말하기도 했는데 오후가 되자 또다시 고향 집으로 돌아가고 싶다며 떼를 써서 모두를 애먹였다.

"오늘이 가장 좋네. 벌써 오후가 되었는데도 이렇게 평온하고. 할머니도 이제 여기 있기로 맘먹고 포기한 것 같아요. 그리고 뭐니 뭐니 해도 시원하니까 잠도 잘 오겠죠. 어젯밤에 푹 잤어요. 그래서 머리도 좀 쉴 수 있을 거예요."

요시코는 이렇게 말했다.

그날 어머니는 밤이 되도록 고향에 돌아가고 싶다는 말을 꺼내지 않았다. 여전히 같은 얘기만 몇 번씩 반복했지만 이제 그런 것쯤은 전혀 개의치 않았다. 그런 일이라면 같은 대답을 몇 번이라도 해주면 되는 일이었고, 다소 짜증은 나지만 짐을 안고서 고향 집으로 돌아가고 싶어, 돌아가고 싶어 하는 소리를 듣는 것보다는 훨씬 나았다. 어머니의 입에서 나온 같은 말을 듣고서 같은 대답을 반복하는 것은 인내심과 자제력의 문제였지만 어머니가 집에 가겠다고 나서면 희망과 거부라는 문제가 되어 식구들은 여든넷의 나이 든 어머니와 대립할 수밖에 없었다. 애초에 설득이 불가능했기에 어머니의 돌아가고 싶어, 라는 말에 우리는 안 돼요, 하고 대꾸하게 되었다. 어머니로서는 이렇게도 돌아가고 싶어 하는 자신을 왜 돌려보내지 않을까 싶을 테고 이쪽은 이쪽대로 이렇게까지 돌려보낼 수 없는 이유를 설명해도 어머니의 머리는 왜 납득하지 못하는 걸까, 생각할 수밖에 없었다. 가장 곤란한 것은 이렇게 고향으로 돌아가고 싶어 하니 어머니를 붙잡아둘 자신이 없어진다는 것이다. 고향에 돌아가고 싶다고 말할 때의 어머니 얼굴은, 자기 집에 너무나 돌아가고 싶은 나머지 다른 것은 일절 받아들이지 않는 유아와 다를 바 없었다. 작은 체구지만 어머니는 온몸으로 자신의 소망을 표현하고 있었다. 비단 입뿐만이 아니라 눈과 옆모습 등 모든 신체기관이 돌아가고 싶다고 말하고 있었다.

   내 어머니의 연대기

내가 갔을 때 사흘가량 어머니는 침착해져 있었다. 요시코 말대로 어머니는 정말로 고향 집으로 돌아가는 것을 포기했는지도 몰랐다. 아니면 가루이자와 생활에 익숙해져서 뭐 이것도 나쁘진 않다고 생각했는지도 모를 일이었다.

나흘째 되던 날에 남동생과 구와코, 도우미 아주머니는 도쿄로 돌아갔다. 이후로는 나와 요시코, 어머니를 돌보는 일에 익숙한 사다요 이렇게 세 명이서 어머니를 보살피게 되었다. 어머니는 "이제야 조용해졌구나, 아이구 참" 하고 말했다.

"할머닌 참 그런 말을 잘도 하시네."

요시코가 질렸다는 얼굴로 말하자,

"아니 정말이잖니."

어머니가 웃으며 손주에게 말했다.

"너도 돌아가고 싶으면 가도 돼."

"가고 싶어도 못 가요. 할머니를 돌봐야 되니까."

"설마 그럴라구."

"정말이에요. 할머니가 말을 잘 알아듣는 착한 할머니가 될 때까지는 나도 사다요 언니도 여기서 할머니랑 있을 거예요."

"무슨! 도쿄에 돌아가면 공부해야 되니까 그러는 거면서."

"어머, 그건 너무 실례되는 말씀이에요."

할머니와 손녀의 대화를 듣고 있으니, 이제 걱정거리는 사라지고 모든 일이 잘 풀릴 거라는 생각이 들었다.

하지만 그날 저녁이 되자 어머니는 가방에 소지품들을 넣기 시작했고 이를 계기로 또 고향에 돌아가고 싶어 했다. 요시코와 사다요가 어머니의 기분을 돌리기 위해서 산책길에 모시고 나갔지만 전혀 효과는 없었다.

그후 어머니의 치매 정도는 일진일퇴를 반복했다. 고향 집에 돌아가고 싶어지면 밑도 끝도 없이 돌아가고 싶은지 끊임없이 고집을 부리고 그러다 알맞은 이유를 생각해 늘어놓곤 했다. 하지만 어떤 계기로 그 일이 마음에서 떠나면 무언가에 홀렸다 헤어나온 듯이 얌전해지고,

"여기는 벌써 슬슬 가을이구나" 같은 얘기를 했다.

정원의 풀숲에서 들려오는 가을 풀벌레 소리에 귀 기울이는 어머니의 옆얼굴은 미묘하게 침착했고 왠지 모르게 보는 사람의 마음을 짠하게 했다.

그러던 어느 날, 어머니는 손녀와 산책을 하고 돌아와서는, 좀 전에 우리들한테 길을 물어본 여자가 있었는데 그 사람한테 길을 가르

쳐준다고 해놓고는 안 가르쳐주고 와버렸어, 아마도 곤란해하고 있
겠지, 라고 얘기했다.

"길을 물어본 게 아니에요. 우리한테 아무 말도 걸지 않았잖아요.
그냥 제가 길이라도 찾고 있을까, 라고 말했을 뿐이에요."

요시코는 그렇게 말했다. 그러자,

"아니야, 분명히 나한테 길을 물어봤어."

어머니는 진지한 얼굴로 말했다.

"그럴 리가 없어요. 분명 여자가 있긴 했지만 길은 안 물어봤잖
아요."

사다요도 말했다. 하지만 어머니는 받아들이지 않았다.

"아니, 나한테 길을 물었어. 지금쯤 곤란해하고 있겠지, 불쌍하게
도……"

표정으로 보아 어머니는 분명 그렇게 확신하고 있었다. 저녁 식탁
에 앉아 있는 동안에도 혼잣말처럼,

"불쌍해라, 지금쯤 어떻게 되었을까."

라고 몇 번이나 말하며 진심으로 마음 아파 하는 것처럼 보였다.

식사가 끝나고 잠시 후에 요시코가 어머니가 보이지 않는다고 말
했다. 나도 사다요도 정원을 돌아보았는데 어머니의 모습은 어디에

도 없었다. 사다요를 정문 쪽으로 보내고 나는 뒷문으로 통하는 좁은 골목으로 나갔다. 골목은 여러 방향으로 교차해 있었다. 이 주변에는 상당히 넓은 부지를 갖춘 별장들이 숲 속에 묻힌 듯이 흩어져 있었는데, 사유지는 아니지만 길엔 낮에도 별로 오가는 사람들이 없었다. 나는 길이 교차하는 곳에 서서 망설였다. 어머니가 어느 방향으로 갔을지 전혀 예상할 수 없었다.

그러다가 저 멀리 좁은 길을 잔걸음으로 뛰어가는 자그마한 어머니를 발견했다. 양편에 전나무나 노송나무 등이 늘어선 길은 자를 대고 그은 것처럼 똑바로 나 있었고 그 길의 아득한 저편에 어머니가 있었다. 어머니는 때때로 멈춰 서다가 달려가곤 했다. 그런 모습은 야릇하게도 민첩한 동물을 연상시켰다. 거기서 받은 느낌은 야성적이기까지 했다.

어머니를 따라잡은 나는 아무 말도 하지 않고, 집에 가요, 라고만 말했다. 어머니는 이럴 때 보이는 수줍은 표정을 짓고는, "어디로 갔을까. 그 여자는"이라고 말했다.

이 사건은 나에게 상당한 충격이었다. 어머니가 환각 증세를 보인 것은 처음이었기 때문이다. 그렇다면 어머니가 돌아가고 싶어 하는 고향 집도 어쩌면 환각에 불과한지도 몰랐다.

   내 어머니의 연대기

길을 찾고 있던 여자는 그날로 어머니의 머리에서 사라지고 다음 날부터 어머니는 조용해졌다. 요시코나 사다요와 마당에 나가거나 산책하러 가기도 했다. 환각 사건은 어머니에게도 충격이었던 모양인데, 어쩌면 그 덕에 정신이 정상으로 돌아왔는지도 몰랐다. 이번에 고향 집을 떠나고 나서 처음이라고 할 수 있을 만큼 어머니는 얌전해졌다. 그러던 어느 날, 나는 베란다에서 요시코와 사다요에게 둘러싸인 어머니 모습을 거실 쪽에서 보고 있었다.

"아소(阿蘇)의 산골 마을 가을이 깊어, 쓸쓸하게 보이는 어스름 무렵ㅡ" 어머니는 읊조리듯이 말하고는 다음 부분을 생각하고 있는 듯했다.

"할머니, 어려운 걸 알고 계시네."

내가 그쪽으로 다가가 말하자 요시코가 말했다.

"얼마나 똑똑하신데요.「효녀 시라기쿠(白菊)」말고도「이시도마루(石童丸)」(어머니와 함께 출가한 아버지를 찾아나서지만 도중에 어머니는 세상을 떠나고 자신은 아버지의 제자로 불문에 들어가게 된다는 설화ㅡ옮긴이)도 알고 있어요."

그러고 나서 요시코는 "할머니, 아버지한테도 들려주세요"라며 어머니를 재촉했다.

그러자 어머니는,

"아버지는 다카노에 계시고 바람 타고 들리는 이야기 있어……
매일매일 쓸쓸한 짚 베개 베고"라고 「이시도마루」 타령 앞부분의 짧
은 대목을 중얼거리다가 금방 막히자, "이제 다 잊어버렸어"라고 말
했다. 그리고 더욱 생각에 잠기는 듯 고개를 갸우뚱하다가 갑자기 얼
굴을 들고 입을 열었다.

"그래그래. 다른 거지만 아직 「자가타라부미」(에도 시대 초기에 쇄
국정책으로 자카르타로 추방된 혼혈아 및 어머니들이 친족들에게 보낸 편지
—옮긴이)를 외우고 있어. '덧붙여서 말씀 올리옵니다. 먼저 말씀을 드
려야 할 것을 잊었는데, 할아버님 할머님 두 분께 네덜란드 옷감을
두 필 보냅니다'라는 구절이야."

어머니는 곡조를 붙여서 노래하듯 말했다. 주위 사람은 조용히 듣
고 있었다.

"그다음엔?"

내가 재촉했다.

"이제 아무것도 기억이 안 나. 기억나는 거라곤 「효녀 시라기쿠」
하고 「이시도마루」, 그리고 「자가타라부미」뿐이네."

어머니는 차분한 말투로 말했다.

"할머니는 불쌍한 얘기들만 기억하고 있네."

요시코의 말에 어머니는 아랑곳하지 않았다.

"이제 다른 건 정말 기억이 안 나."

정말로 아무리 생각해보아도 더 이상은 나오지 않는다고 말할 때의 표정이었다.

"애별리고(愛別離苦: 불교의 팔고 중 하나. 사랑하는 사람과 이별하는 괴로움―옮긴이)로군."

나는 내 입으로 이렇게 말해놓고 흠칫 놀랐다. 어머니의 마음은 이 애별리고에 붙들려 있음에 틀림없었다. 애별리고 극 속으로 스스로 들어간 것이다. 고향에 돌아가고 싶다는 어머니의 기분은 「자가타라부미」의 필자가 품었던 망향의 그리움과 괴로움 같은 심정이 아닐까. 길을 찾고 있던 여자에 대한 어머니의 연민의 정은, 「이시도마루」나 「효녀 시라기쿠」의 극에서 젊은 어머니가 느끼는, 영원히 사라지지 않을 슬픔이라고 말할 수도 있지 않을까.

전에 매제 아키오는 어머니의 마음에서 점차 주위에 대한 관심이 옅어지고 지금은 결혼과 출산, 죽음만이 관심의 대상이 되어버렸다고 했다. 그렇게 보자면 지금 어머니의 마음을 휘어잡고 있는 것은 인생의 애별리고뿐이라고 할 수 있을지 모른다. 인간의 일생은 결혼과 출산, 그리고 죽음으로 끝맺는다. 또 한 개인의 인생에서 어떻게 해보아도 지울 수 없는 인간과 인간의 관계 역시 애별리고로 종결된다. 어머니는 여든 몇 해를 살고 나서 이것 외에는 받아들일 수 없는 정신과 육체를 갖게 되었을까. 때로 나이 든 얼굴에 증오를 나타내기도 하는데, 그건 오래지 않아 이내 사라져 버린다. 어머니의 낙엽처럼 가벼운 육체와 망가진 머릿속에서 아직 살아 있는 것은 불순물을 모두 제거해버린 증류수 같은, 투명하기까지 한 극히 소박한 감성인 듯하다.

그날 밤 나는 우리 집 베란다에서 손님과 위스키를 마셨다. 손님은 9시쯤 돌아갔는데 그와 교대하듯 또 다른 방문객 세 명이 찾아왔다. 이들을 상대로 나는 또 위스키를 마셨다. 두 번째 들이닥친 손님들은 2시가 넘어 돌아갔다.

내가 손님들을 문까지 배웅하고 베란다에 돌아오자 잠옷을 입은 채로 나온 어머니와 마찬가지로 잠옷 차림인 요시코가 자느니 마느니 하며 말다툼을 하는 중이었다. 어머니는 잠이 안 오는지 가운을 걸치고 베란다에 나왔는데 꽤 쌀쌀해서 나는 베란다에 나오시는 걸 허락하지 않았었다. 나는 자리를 거실 의자로 옮겨 잠시 어머니와 마주 앉았다. 거기서 또 위스키를 마셨다.

　　　　　　　　　　　　　　　　　　　내 어머니의 연대기

"자 그럼 할머니, 같은 말을 몇 번씩 해도 괜찮아요. 난 취했으니까 오늘밤은 뭐든 다 들어드릴 거예요."

나는 어머니에게 말했다. 벌써 몇 년이나 보통의 인간 대 인간으로 허심탄회하게 어머니와 마주 앉아 대화해본 적이 없었다. 나는 어머니가 몇 번씩이나 반복하는 말을 귀에 담지 않으려 애썼다. 이제는 좀 같은 말만 되풀이하는 일일랑은 그만두라고 힐책하는 말이 목구멍까지 차오르는 것을 애써 억누르기도 했다. 어머니와 마주 앉는다는 것은 바로 자신과의 싸움을 시작하는 일이었다. 하지만 그날 밤은 술기운 때문인지 지금이라면 어머니와 허심탄회하게 마주할 수 있다는 기분이 되어 그런 말을 꺼낸 것이었다.

그런데 다음 날 요시코는 말했다.

"어제 아버지는 취하셨죠. 할머니가 그러시던데요. 이 사람은 이상한 사람이야, 같은 말만 하고 있어, 라고."

나는 무심코 웃었다. 내가 한 말은 물론이고 어머니가 그런 말을 했다는 사실도 기억하지 못했다.

"할머니가 아버지를 과연 자기 자식이라고 생각하고 있는지 어떤지 상당히 의심스러워요. 이 사람, 이 사람이라고 하면서 거리를 두고 말하잖아요."

요시코가 덧붙였다.

어머니가 가루이자와에 계실 때 5, 6일에 한 번씩은 꼭 고향의 시가코한테서 전화가 걸려왔다. 시가코로서는 어머니를 여기 맡겨둔 채 손을 놓고 있어 걱정이 되는 모양이었다.

"8월 말까지는 아키오가 퇴원할 거니까 9월 중순경까지만 할머니를 맡아주시면 고맙겠어요. 가루이자와는 빨리 추워질 테니까 옷을 좀 보낼게요."

언젠가 전화로 시가코는 말했다. 그리고 할머니의 웃음소리가 들리네요, 라고 말하고는 전화를 끊었다.

하지만 9월 중순은커녕 8월 중순이 될까 말까 할 무렵에 어머니는 고향으로 돌아가시게 되었다. 계속 어머니의 시중을 들어온 사다요가 볼일이 생겨 고향에 돌아가야 했는데, 그 일이 어머니에게는 강하게 작용했다. 이런 일에 관한 어머니의 눈치는 무서울 정도로 빨라서 사다요가 조만간 이 가루이자와 집을 나가는 게 아닐까 하는 생각이 든 무렵부터 다시 「자가타라부미」 필자의, 고향을 그리는 애절한 마음이 어머니를 집요하게 사로잡았다. 어머니가 어떻게 사다요의 일을 눈치챘는지는 아무도 모르는 일이었다. 어머니는 가방에 물건들을 집어넣기도 하고 때로는 옷만 입고 아무것도 들지 않은 채

　　　　　　　　　　　　　　　　　내 어머니의 연대기

로 버스정류장에 가려고 했다. 이제는 누구도 말릴 수가 없었다. 결국 어머니는 이런 곳에 있어야 한다면 죽는 게 낫다는 말까지 입에 담았다. 할머니가 죽어버리겠다고 말하자 아무래도 요시코는 힘들었을 것이다.

"할머니와는 절교예요."

요시코는 진지하게 말했다. 그러자,

"나도 너랑은 이걸로 바이바이다."

어머니가 말했다. 어머니가 이런 말도 할 줄 알다니, 모두 놀랐다.

구와코와 남동생이 어머니를 모시러 온 것은 8월 중순이었다. 그래도 어머니는 가루이자와에 한 달 가까이 계신 셈이다. 어머니가 떠난 날 요시코는 세면대 거울 앞에서,

"시가코 고모가 요전에 전화에서 조금 살이 쪘다고 했는데, 덕분에 난 조금 마른 것 같아"라고 말했다.

4

어머니는 고향 집에 돌아가자 진정이 되어 조용해지셨다. 돌아가

고 싶어, 돌아가고 싶어, 하며 성화를 부리던 곳으로 돌아가게 되었으므로 이제 요구할 것도 집착할 것도 없어진 듯했다.

나는 가을이 되어 가루이자와 집을 비우고 고향으로 어머니를 만나러 갔다. 고향에 내려가셨으니 더 이상 불만은 없겠지요, 하고 농담을 한마디 하고 싶었지만 내 생각은 완전히 빗나갔다. 어머니는 도쿄는 물론이고 가루이자와에 간 일도 잊어버리고 있었다.

"가루이자와라고? 그렇게 좋은 데라면 신이 나서 갈 텐데."

어머니는 말했다. 전혀 기억이 안 나시냐고 물어보자, 실제로 간 적이 없으니 기억이고 뭐고 없다고 했다.

"그럼 전에 갔을 때 일은요? 왜, 일전에 간 적이 있었잖아요."

"아니, 간 적 없는데. 전부터 가보고 싶다고 생각은 했었지만 이 나이에는 힘들지."

어머니는 몇 년 전에 갔던 일도 잊어버리고 있었다. 도쿄에 왔을 때는 기억하고 있었을 텐데 그 기억도 순식간에 잃어버렸다. 하지만 신체는 아주 건강해져서 표정도 가루이자와에 있던 때에 비하면 마치 다른 사람처럼 밝아져 있었다. 대신 어머니가 안 계신 사이에 미국 양반, 즉 게이치 외삼촌이 쇠약해져 있었다. 어머니라면 몇 번이나 왕복할 만한 시간 동안 외삼촌은 외숙모의 부축을 받으며 어머

내 어머니의 연대기

니를 찾아왔다.

"할머니 다리를 좀 빌리고 싶네."

게이치 삼촌은 올 때마다 이런 말을 했다. 삼촌이 다리가 약해져서 집에 오는 횟수가 줄어들자 어머니가 매일처럼 두 번이나 세 번씩 삼촌 집에 찾아갔다. 그러고는 무슨 잔소리를 들었는지 다시는 안 간다며 화를 내고 돌아오는 일도 있었는데, 1시간만 지나면 무슨 일이 있었는지 잊어버리고 다시 외출하셨다. 고향 집에 관한 한, 어머니는 자신이 원하는 대로 행동하는 모양인데 조금 과장하자면 방약무인한 태도였다.

"이젠 완전히 제멋대로 구는 아가씨가 되어버렸어. 무슨 말을 해도 안 돼, 말이 통하질 않으니까."

시가코는 이렇게 말했다.

가을이 끝나갈 때쯤 법요가 있었다. 오누이 할머니의 50주기였다. 유년기에 부모님 곁을 떠난 나를 이 할머니가 길러주셨으므로 나한테는 어머니나 마찬가지인 분이었다. 할머니라고 해도 육친은 아니고 원래 증조할아버지의 첩이었는데 증조할아버지가 돌아가신 뒤에 우리 집 호적에 올려졌고 이후 분가를 했다. 호적상으로는 우리 어머니가 그분의 양녀로 되어 있었다. 그런 식으로 관계가 복잡해서 젊은 시절의 어머니 말로는 가정의 평화를 흔드는 존재이자 호적에 난입한 자인 양어머니에게 좋은 감정이 있었을 리 만무했다. 실로 두 사람은 마지막까지 사이가 좋지 않았다.

그 오누이 할머니의 50주기 제사가 있었는데 어머니는 끝까지 호감을 갖지 못했던 양어머니를 완전히 잊고 있었다.

"아, 그렇구나. 오누이 할머니의 법요구나."

입으로는 이런 말을 했지만 그 오누이라는 여성이 일찍이 자신과 대립한 사람이었다는 데에는 생각이 미치지 못했다.

50년이라는 세월을 나는 다소 감개무량한 기분으로 받아들였다. 이 할머니는 내가 초등학교 6학년 때 돌아가셨는데 나는 장례식 날을 기억하고 있다. 나 자신이 걸어온 50년 세월도 길게 생각되었지만, 그보다 어머니에게서 은혜와 원한의 마음이 한 조각 남김없이 사라져버렸다는 점에서 긴 세월을 실감할 수 있었다.

현재의 어머니에게는 이것이 누구의 제사든 상관없었다. 사람들이 모이는 것이 즐거운지 손님들 한 명 한 명에게 차례로 "바쁘실 텐데 어떻게 시간을 내서 잘 와주셨네요"라며 손님들의 비위를 맞췄다.

"할머님도 항상 정정하셔서서 다행이네요."

     내 어머니의 연대기

　손님들은 모두 같은 말을 했다. 정말 그렇게 생각하는 이들도 있는가 하면 그다음에 "뭐 몸만 건강하셔도"라는 말을 덧붙이는 이도 있었다. 미국 양반이라 불리는 게이치 삼촌은 법요가 끝난 후 연회석에서 동석한 사람들에게 오누이 할머니에 얽힌 추억을 들려주었다. 호감을 갖고 있었는지 반감을 갖고 있었는지는 모르겠지만 오누이 할머니를 가장 잘 아는 사람은 게이치 삼촌이었다. 그 연회석에는 어머니도 앉아 있었다. 나는 조금 떨어진 자리에서 어머니를 보고 있었다. 어머니는 게이치 삼촌의 이야기에 귀 기울이는 것처럼 보였지만 계속 다른 데 정신이 팔리는 듯 옆에 있는 사다요에게 말을 걸어 주의를 받고 있었다. 그럴 때마다 어머니는 얌전히, 아주 잠시 동안이기는 하지만 게이치 삼촌 쪽으로 얼굴을 돌렸다. 내게 그 얼굴은 스물세 살의 사다요 얼굴보다 오히려 풋풋하고 젊어 보였다.

　해가 바뀌어 올해 정월 중순경에 오랜만에 우리 남매들은 여든다섯 살 된 어머니를 함께 모시려고 고향 집에 모였다.

　이때 시가코가 세상에 이런 쇼크는 또 없을 거라면서 말을 꺼냈다.

　"할머니가 글쎄 작년 정도부터 나를 할머니, 할머니라고 부르잖아. 미시마에 있는 손자가 와서 나를 할머니라고 부르니까 할머니도 나를 손자처럼 부르는 거라고 생각했는데 아무래도 그건 아닌 듯하고. 정말 나를 할머니라고 생각하고 있나봐."

"할머니라고 해도 도대체 누구랑 착각하는 걸까."

남동생이 이렇게 물었다.

"특별히 누구를 가리키는 게 아니라 막연히 할머니라고 생각하는 건 아닐까."

"정말 쇼크네."

"어머니가 봐서 노파로 보인다면 말 다한 거지."

"딸이라고 생각 안 하는 걸까."

"가끔은 딸이라고 생각할 때도 있는 것 같지만, 안 그럴 때가 더 많아 보여. 나한테도 그럴 정도니 미국 양반의 경우는 남동생인 게 이치하고는 전혀 다른 사람이지. 외삼촌도 요즘은 어머니를 대하는 방식을 완전히 깨달으시고는, 당신은 뭘 말해도 모르겠지만 당신 동생 게이치라는 사람이 있는데, 이건 그 사람 얘기야, 라는 식으로 이야길 꺼내고 있어. 듣고 있으면 웃기지."

시가코는 말했다.

어머니는 연말 무렵부터 계속 환각을 보기 시작했다. 손님이 오지도 않았는데 손님 접대용 차 준비를 할 때가 있다고 했다. 왠지 손님이 온 것만 같아서 그런 행동을 하는 경우도 있고, 어제 일을 오

   내 어머니의 연대기

늘 일로 혼동하고 어제 온 손님을 위해 그러는 게 아닌가 싶은 경우
도 있다.

그런 시가코의 보고를 중심으로 우리 남매들이 어머니 이야기를
하고 있을 때, 어머니는 옆에 있는 거실에 넋이 나간 듯이 앉아 있
었다.

"할머니, 우리 할머니 애길 하고 있는 거예요."

구와코가 어머니에게 말을 걸자 어머니가 말했다.

"알고 있어. 내 흉을 보는 거지. 분명히 그럴 거야."

어머니는 담담한 표정으로 웃었다. 이런 경우 어머니는 편안한 얼
굴을 하였다. 하지만 금세 넋이 나간 표정으로 돌아가서 자신의 생
각 속으로 들어가버렸다. 나는 어머니가 무슨 생각을 하고 있는 걸
까 생각했다. 과거와 현재가 뒤섞이고, 꿈과 현실이 뒤섞여 있다. 그
러한 세계 안에 있는 어머니의 귀에 가끔씩 자식 넷이 나누는 이야
기들이 들어가지만 그것들은 순간순간 사라져간다.

"아지랑이는 무덤 바깥에서 살고 있을 뿐."

내가 아쿠타가와(芥川龍之介: 일본의 소설가 - 옮긴이)의 단편인 「점귀
부(点鬼簿)」에 쓰인 조소(나이토 조소內藤丈草라는 에도 시대 시인 - 옮긴
이)의 시를 외우자 그에 답하는 듯한 말투로 남동생이 읊조렸다.

"꿈은 메마른 들을 달려가겠지."

게이치 외삼촌의 죽음은 돌연히 찾아왔다. 특별히 어디가 아팠던 것은 아니고 그저 나이 들어 쇠약해졌다고밖에 말할 수 없는 건강 악화가 올해 들어 눈에 띄었다. 5월 초에 무리해서 외숙모와 함께 누마즈까지 쇼핑을 나갔던 일이 악영향을 끼친 듯했다. 돌아오는 도중에 구토와 현기증을 일으켜 귀가하자마자 침대에 누웠는데 그날 밤 숨을 거두셨다. 어이없이 돌아가신 것이다. 귀국한 지 채 2년도 지나지 않았다. 외삼촌은 어머니와 달리 치매 증상은 전혀 없었다. 어머니의 치매 때문에 너무 고생을 하셨기 때문에 자신이 그런 상태에 빠지기 전에 현세에서 스스로 물러난 것일까.

장례식 날은 아침부터 이슬비가 내렸는데 출관 무렵부터 그쳤다. 장례는 구마노 산이라 불리는 작은 산의 급경사를 올라간 곳에서 행해졌다. 자갈이 드러난 길이 젖어 있었기 때문에 발이 미끄러져 걷기 힘들었지만 길 양쪽 잡목림의 녹음은 비가 내린 덕분에 오히려 선명해 보였다. 오누이 할머니의 장례 때에도 아버지의 장례 때도 나는 이 산길을 올랐다. 어머니의 팔남매 중 돌아가신 몇 분의 장례식 때에도 나는 장례 행렬에 섞여 이 언덕길을 올랐다. 어머니의 남매들

    내 어머니의 연대기

은 맏이인 우리 어머니와 막내인 마키 할머니 두 분만 남았고 그 가운데 자리는 모두 비어버렸다.

외삼촌의 유골 단지가 흙 속에 묻히고 소토바(卒塔婆: 범자로 계명 등을 적어 묘지에 세우는 긴 나무 막대 – 옮긴이)가 세워졌다. 스님이 독경을 하고 향을 다 피운 후에, 나와 구와코는 장례식 참석자 무리에서 나와 아버지 묘소에 성묘를 하기 위해 조금 떨어진 곳에 있는 가족 묘지로 향했다.

회향나무 울타리로 둘러싸인 장방형 묘지에는 다섯 개의 묘석이 서 있었다. 아버지, 오누이 할머니, 슌마와 다케노리, 그리고 아무 문자도 새겨지지 않은 작은 묘석이 있었다. 이름이 없는 묘석은 증조부 대에 대진(代診)을 하던 의사의 아이로 생후 며칠 되지 않았던 영아의 묘라고 들은 적이 있었다. 슌마, 다케노리의 묘도 요절한 소년의 묘답게 작았다. 나는 그 두 소년의 묘에 새겨진 사망 연도를 알아보려 했다. 문자는 거의 지워져 있고 게다가 이끼가 덮여서 쉽게는 읽을 수 없었다. 슌마는 메이지 27년(1894) 9월, 다케노리는 30년(1897) 1월이라고 새겨져 있었다. 어머니는 메이지 18년(1885) 생이니까 계산해보면 어머니가 열 살 때 슌마가 죽고 열세 살 때 다케노리가 죽은 셈이다.

이런 얘기를 꺼내자 구와코가 웃으며 말했다.

"할머니는 조숙했었네."

"그런 거면 할아버지는 질투할 수도 없었겠지. 그래도 자기가 죽은 후에 아내가 소녀 시절에 사모했던 사람을 저렇게 거침없이 얘기할 거라고는 생각도 못 했을 거야."

구와코가 말을 이었다.

"생각 못 했겠지" 하고 나도 말했다. 그런 생각도 못 해본 아버지의 묘석 표면을 나는 물로 씻었고 구와코는 주변의 풀을 깨끗이 뽑아 정리했다.

그날 밤 친척들과 이웃 사람들이 모여들어 발인 후의 술자리가 마련되었다. 외삼촌의 서양식 집은 좁았기 때문에 마주보고 있는 본가 집이 사용되었다.

음식과 술을 대접하는 중간에 어머니가 들어왔다. 근처 부인들이 일하는 부엌 쪽에서 어머니 목소리가 들려서 나는 자리에서 일어나 그쪽으로 갔다. 어머니는 거기 있던 부인들을 향해 "죽은 사람이 게 이치라면서. 왜 나한테 그 얘기를 안 해준 거야"라고 강하게 항의하고 있었다. 어머니의 얼굴은 창백했는데 흥분했을 때에도 언제나 그랬듯이 눈빛은 침착했다.

　　　　　　　　　　　　　　　　　내 어머니의 연대기

"할머니도 아셨잖아요."

누군가 이렇게 말하자 어머니는 "아니, 나는 몰랐어. 지금 막 들었어"라고 했다. 처음 게이치의 죽음을 접하고 지금 달려왔다는 듯한 숨 가쁜 말투였다. 그때 시가코가 들어왔다. 자, 이제 돌아가요, 라고 시가코가 말하자 어머니는 이번에는 시가코에게 다가가서 따졌다.

"넌 왜 게이치가 죽은 걸 나한테 숨겼니?"

진지한 표정이었다.

"숨길 리가 있어요? 엄마도 미국 양반이 불쌍하다고 했잖아요."

시가코가 이렇게 말하자 어머니는 완강히 고개를 저으며 "아니, 나는 몰랐어"라고 말했다. 나와 시가코는 어머니를 데리고 나와 집으로 돌아왔다. 그런데 집으로 돌아와서 5분 정도 지나자 누군가 어머니 모습이 보이지 않는다며 소란을 떨기 시작해 우리들은 다시 어머니를 찾아 나서야만 했다. 손님들을 접대하는 방으로 가보았지만 어머니 모습은 눈에 띄지 않아 혹시나 하고 뒤편의 외삼촌 집을 들여다보았다. 외숙모는 소란한 손님 접대 자리를 피해 집에 있었던 것 같고, 응접실에서 외숙모와 마주보며 의자에 앉아 있는 자그마한 어머니 모습이 보였다. 나와 시가코가 얼굴을 내밀자, 외숙모가 말했다.

"할머니가 지금 향을 피워주셨어요."

방 안쪽에 모셔진 불단에 검은 리본이 걸린 게이치 외삼촌의 사진이 놓여 있고 그 주위에는 꽃 장식이 되어 있었다. 외숙모는 입구에 서 있던 우리들 쪽으로 와서 "할머니가 울고 계세요"라고 말했다. 우리들도 방으로 들어갔다. 어머니의 얼굴은 눈물에 젖어 있었다.

우리들은 어머니를 다시 모셔왔지만 그날 밤 사이에 어머니는 두 번이나 더 외삼촌의 집을 찾아가서 게이치 외삼촌의 위패가 놓인 자리에 앉았다. 한 번은 사다요가 모시고 갔고, 한 번은 손님 치르는 일을 도와주러 온 근처의 부인이 모셔 갔다. 두 사람 다 떼쓰는 어머니를 어찌할 수 없었던 것이다.

"할머니는 정말 슬퍼하시네요. 얼굴이 보통 때와 다른걸요."

사다요가 말했다.

"할머니는 미국 양반이 죽고, 게이치도 죽었다고 생각하고 계신 것 같아요. 낮에는 미국 양반 장례를 치렀고 밤의 모임이 게이치 외삼촌 장례식이라고 생각하시는 게 아닐까요."

나는 설마 그럴 리는 없을 거라고 생각했다. 그러나 낮의 장례식에 무심했던 분이 밤에 보인 한없이 슬퍼하는 모습은 사다요처럼 해석하지 않으면 이해할 수 없을지도 몰랐다. 오랫동안 어머니를 곁에

                                        내 어머니의 연대기

서 돌봐온 사다요에게는 나름의 관점이 있었다. 그런 사다요의 관점
이 올바른지 어떤지는 알 수 없었지만 이래저래 모든 것이 혼돈스러
운 상황에서 한 사람의 죽음으로 인한 슬픔만이 어머니의 마음을 관
통하고 있다는 점만은 확실했다. 장례식 밤의 흥청거림이라면 흥청
거림이라고도 할 수 있는 소란 속에서 가장 슬퍼하고 있었던 사람은
어쩌면 어머니였을지도 몰랐다.

다음 날 내가 이층 침실을 나와 아래층으로 내려갔을 때 어머니
는 이미 외삼촌의 집에 가 있었다. 내가 어머니를 모시러 가자 두 노
부인은 위패 앞에서 서로 눈시울을 적시고 있었다. 두 사람은 사이
좋은 자매처럼 보였다.

그러지 않아도 외숙모는 지쳤기 때문에 나는 가능하면 어머니를
숙모님 댁에 보내지 않으려 했지만 어머니는 말을 듣지 않았다. 틈
을 봐서 집에서 나갔다. 평소의 외숙모는 반드시 어머니를 환영하는
편은 아니었지만 남편을 잃은 현재의 슬픔은 어머니조차도 필요한
듯, 몇 번 찾아가도 싫은 내색을 하지 않았다. 시가코는 어머니 모습
이 보이지 않을 때마다, 어머 또 할머니는 미국 양반 집에 가셨나, 하
고 말했다. 그러고는 "내가 뛰는 것보다 할머니가 더 빠르시니 영 체
면이 안 서네. 아까는 도중에 멈춰서서 나를 기다려주시더라구"라

는 말도 했다.

장례를 치른 지 이틀이 지나고 나는 아내 미쯔를 남겨두고 도쿄로 돌아갔다. 그날 밤 꼭 출석해야 하는 모임이 있었기 때문에 도쿄 역에서 곧바로 회장으로 향했고 집에는 12시 가까운 시간에 돌아왔다. 현관에 막 들어서는데 전화벨이 울렸다. 고향 집에 있는 미쯔에게서 걸려온 전화였다. 내일 도쿄 집에 지인이 찾아오기로 되어 있는데 양해를 구해달라는 얘기였다.

"참, 아까 할머니가 큰일 날 뻔하셨어요."

"쓰러지셨어?"

나는 급히 물었다.

"아뇨, 할머니가 글쎄 일단 잠자리에 누우시더니 당신을 옆에 재워두었는데 없어졌다고 하면서 일어나서 소란을 피우고 옷을 입으시는가 했더니 없어졌어요. 밖에 나가신 거였어요. 금세 다시 모셔오긴 했지만요."

"당신이라는 게 내 얘긴가?"

"그래요. 당신이 아기가 되어 있나봐요."

"설마."

"아니, 정말이라니까요. 야스시를 여기에 재워두었는데 없어졌다며 야단을 피우기 시작하셨으니까요. 어쨌든 놀랐어요. 할머니가 사라지신 게 밤중이었잖아요. 당신을 찾으러 가신 거예요.”

“어디에 계셨어?”

“철물점 근처 사거리에서 나가노(長野) 쪽으로 걸어가고 계셨어요.”

“누가 데려왔나?”

“시가코 아가씨하고 사다요가요.”

문득 나는 온몸이 얼어붙는 느낌에 사로잡혔다. 흰 달빛이 날카롭게 쏟아져 내리는 나가노의 시골 마을로 이어지는 길이 눈앞에 떠올랐다. 한쪽은 한 단 높은 밭이고 다른 한쪽도 역시 밭이기는 하나 계단 모양을 이루어 계곡으로 떨어지고 있다. 흰 달빛을 온몸에 맞고 계신 어머니는 그런 길을 걷고 있다. 아기인 나를 찾아 헤매는 것이다.

“전화 끊을게.”

나는 아내에게 말했다.

수화기를 내려놓고서 나는 초조한 마음으로 서 있었다. 어딘가로 나가야 할 것만 같았다. 어머니가 나를 찾으러 갔다면 나는 나대로 그런 어머니를 찾으러 가야 할 듯한 느낌이었다. 나는 홋카이도의 아사히카와에서 태어났는데 거기엔 3개월 있었을 뿐으로 금방 어머니와 고향 마을로 돌아갔다. 어머니의 행동이 그때의 환각에 의한 거라면 나는 한 살이고 내가 한 살이라면 어머니는 스물세 살이다.

나는 스물셋의 젊은 어머니가 아기인 나를 찾아 헤매며 심야의 달빛이 쏟아지는 길을 걷는 그림을 눈 속에 그리고 있었다. 내 눈 속에는 또 하나의 그림이 있었다. 그것은 환갑을 넘은 내가 여든다섯 살의 늙은 어머니를 찾아 같은 길을 걷는 그림이었다. 한 장은 차가운 무언가에 젖어서 빛나고, 다른 한 장에는 무언가 황량함이 찍혀 있었다. 그러나 이 두 장의 그림은 곧 내 눈꺼풀 위에서 겹쳐 한 장이 되었다. 거기에는 아기인 나도 있었고 스물세 살의 어머니도 있었다. 예순세 살의 나도 있고 여든다섯 살의 노파 얼굴을 한 어머니도 있었다. 메이지 40년(1907)과 쇼와 44년(1969)이 겹치고 그 사이의 60년 세월이 달빛 속으로 수렴되어 확산되고 있었다. 차가움도 황량함도 하나가 되어 날카로운 달빛이 모두를 꿰뚫고 있다.

흥분에서 깨어나자 나는 자신이 아내에게 전화를 받은 순간에 착각을 했음을 깨달았다. 내가 떠올린 나가노 마을로 향하는 길은 내가 어렸을 때 오가던 길이었다. 초등학교 때 매일 계곡물에 수영하러 가기 위해 지나던 길 말이다. 현재는 그 길을 따라 초등학교도 들

   내 어머니의 연대기

어섰고 우유 회사의 목장도 생겼다. 극히 최근의 일인데 문방구점도 분명 그 길을 따라 생겼을 터였다.

그건 그렇다 치고 어머니는 지금 스물세 살이니 외삼촌은 열아홉 살일 것이다. 미국에 건너가기 2년 전이다. 어머니는 외삼촌의 죽음을 몹시도 슬퍼했다. 아마도 스물세 살의 누나가 열아홉 동생의 죽음을 슬퍼한 것일까.

나는 전화가 있는 곳으로 가서 고향 집에 전화를 걸었다. 시가코가 전화를 받았다. 어머니는 어떠신지 문자 수면제를 드시게 해서 지금은 깊이 잠들었다고 했다.

"그렇게 모두를 놀라게 하시고는 본인은 아가씨 같은 얼굴로 잠들어 있어요. 약 때문인지 아까까지는 큰 소리로 코를 골고 있었는데 이제는 코도 안 골고 쌔근쌔근 잠들어 있어요. 내일은 또 아침 일찍부터 미국 양반 집에 가시겠죠."

시가코는 이렇게 말했다.

설면 雪面

1

N문학상의 심사위원회가 신바 시에 있는 한 요정에서 열린 것은 11월 21일 밤이었다. 중견 작가 O씨의 작품이 수상작으로 결정된 후에 편안한 술자리가 마련되었는데 나는 축하연 중반쯤에 자리를 떴다. 감기 기운이 있었고 왠지 내 서재에 조용히 있고 싶기도 해서 차를 타고 집에 돌아왔다.

거실에서 차를 마시고 나서 곧 서재에 들어갔다. 서재에는 침구가 깔려 있었는데 잠이 오지 않아 그대로 책상 앞에 앉았다. 『세계』와 『문예춘추』에 연재하는 원고 마감일이 다가와 있었지만 작업은 애초 계획대로 내일부터 하고 싶었다. 나는 어정쩡한 짧은 시간을 오늘밤에 있었던 문학상의 선평 집필에 할애하기로 했다. 어차피 2, 3일 안에 써야 했으므로 먼저 해치워버리자고 생각한 것이다. 주어진 분량은 원고지 한 장 반이었는데 수상 작가의 작품 평만으로 한 장이 끝났다. 아직 다소 여유는 있었지만 다른 후보작은 언급하지 못한 채로 붓을 놓았다.

그때 이즈의 고향 집에서 어머니와 함께 살고 있는 여동생 시가코에게서 전화가 왔다. 미쯔가 전화를 받았는데 전화는 금세 서재로 연결되었다. 어머니의 상태가 갑자기 위독해져서 지금 의사를 불러서 링거를 맞고 있다는 얘기였다.

"글쎄, 뭐 별일은 없겠지만 몸 상태가 저러시니까요."

시가코는 1시간 정도 지나서 경과를 알리겠다고 말하고는 전화를 끊었다. 시계를 보니 9시를 조금 지나 있었다.

어머니는 여든아홉 살 고령인데 2월생이니 앞으로 3개월도 지나지 않아 또 한 살을 먹는다. 최근 1년간은 특별히 아픈 데는 없었지만 노쇠하신 탓에 일어났다가 다시 자리에 눕는 생활이 반복되었다. 원래 건강한 체질이라서 앞으로 5년이나 10년쯤은 걱정 없을 듯도 하고, 반대로 감기라도 걸린다면 조금도 지탱하지 못하고 바로 죽음

    내 어머니의 연대기

에 이를 듯한 위태로움도 느껴진다.

나는 만일의 사태를 생각해서 아내 미쯔에게 빨리 자라고 이르고 고향에서 걸려오는 전화는 내가 받기로 했다. 10시 30분쯤 시가코에게서 두 번째 전화가 걸려왔다. 어머니는 잠들었지만 호흡이 힘들어서 의사가 계속 곁을 지키고 있다. 평소 건강하시니 오늘 밤만 잘 넘기면 내일부터는 아무렇지도 않을 것 같지만 왠지 걱정이다. 시가코는 침착했다. 하지만 목소리는 평소와 달리 낮고 조용했다.

나는 이렇게 급히 변고가 생길 거라고는 생각지 못했지만 어쨌든 내일 차가 준비되는 대로 도쿄를 떠나 고향 집으로 향할 거라고 전하고 수화기를 내려놓았다.

나는 바로 준비에 들어갔다. 며칠간은 고향 집에서 지내게 될 테니 내일부터 착수할 예정이던 두 편의 연재물 집필에 필요한 책 등을 가방에 넣었다. 그리고 올해 가을 고향에서 친한 사람들이 내 저서들을 소장할 건물을 누마즈의 교외에 세우는데 개관식이 25일에 치러질 예정이라 거기에 참석할 준비도 해야 했다. 그래서 검은 더블 양복과 셔츠 등도 가방에 넣었다.

1시 50분에 시가코에게서 세 번째 전화가 왔다. 지금 할머니가 숨을 거두셨어요, 1시 48분이었습니다, 라고 시가코가 말했다. 그리고 오열하는 소리가 들려왔다. 오열이 잦아지기를 기다린 후에 나는 예의를 갖춘 말투로, 어머니를 오랫동안 돌봐주어 고맙다는 말을 전하고 어머니는 우리 남매들 중 누구보다 가장 많이 신세를 진 시가코 부부가 마지막 임종을 지켜봐주어 기뻐하실 거라고 말했다. 오빠로서 여동생에 대한 감사 인사이자 위로의 말이기도 했다. 그리고 모든 것은 내일 아침에 내가 고향으로 출발한 후에 하기로 하고 수화기를 내려놓았다.

나는 아내의 침실에 가서 어머니의 죽음을 전했다. 아내는 잠들어 있지 않았던지 금세 자리에서 일어났다. 서재에 돌아오자 전화벨이 울리고 있었다. 도쿄에 사는 막내 여동생 구와코한테서 걸려온 전화였다. 목소리는 의외로 또렷했다. 구와코가 내일 아침 8시에 이쪽으로 와서 우리 차로 함께 고향으로 출발하기로 했다.

나는 거실에서 어머니 사진을 불단에 올리고 향 올릴 준비를 하는 아내를 바라보면서 이제 어머니가 돌아가셨구나 싶어 마음이 저려왔다.

얼마나 시간이 지났을까, 또 서재 쪽에서 전화벨 소리가 들렸다. 전화를 거실 쪽 내선으로 돌려서 수화기를 들자 시가코의 목소리가 들려왔다. 내일은, 몇 시간 안 남긴 했지만, 경야(經夜)이고 원래는 모레

                               내 어머니의 연대기

가 발인인데 공교롭게도 모레는 도모비키(友引 : 화禍가 친구에게까지 미친다고 하는 날, 장례식은 피함 — 옮긴이)이므로 발인은 그다음 24일에 치르기로 했다며 그렇게 진행해도 지장이 없을지 확인하는 전화였다. 이미 어머니의 머리맡에 모인 친척들 몇 분이 그런 이야기를 나눈 모양이었다. 예민해져 있기는 했지만 아까와는 달리 또렷한 목소리였다. 나는 여동생에게 잠이 오지 않겠지만 조금이라도 누워 있으라고 말했다.

전화를 끊은 후에 나는 아내와 내일 하루의 계획을 상의했다. 아침에 나와 구와코가 먼저 출발한다. 아내는 각자 가정을 꾸리고 있는 아이들에게 연락을 해야 하고 며칠간 집을 비울 준비를 해야 하므로 그런 일들을 정리한 후에 밤에 문상객들이 올 때까지 도착할 수 있도록 출발하기로 한다. 그리고 짐이 많아질 것 같으니 가방 등은 먼저 가는 내 차에 싣는 게 안전할 것이다, 등등.

나는 일단 내 준비라도 먼저 해두려고 상복들을 가방에 넣고 나머지는 아내에게 맡겨놓기로 하고서 위스키 미즈와리(알코올 류에 물을 섞은 것 — 옮긴이)를 만들어 서재로 들어갔다. 어머니가 돌아가신 지 얼마 되지 않았는데, 어머니의 죽음은 이제 뒷정리인 장례식 문제가 되어가고 있었다. 나의 시급한 귀향도 어머니의 죽음 때문이라기보다는 장례를 주관하기 위한 행동 같은 양상이었다.

　나는 책상 앞에 앉아 위스키 잔을 기울였다. 어머니의 죽음을 통보받은 날 밤 정도는 모자간에 일생에 한번 있을 대화를 나누어야 할 터였지만 그럴 기분이 아니었다. 어머니는 오래 사셨지만 결국 돌아가셨다. 지금은 아무 생각도 하지 않고 잠들어 있다. 이제 다시는 깨어날 일 없이 조용히 눈을 감고 몸을 눕히고 있다. 그런 감회가 있을 뿐이었다. 아버지는 15년 전에 여든한 살로 타계하셨는데 그 소식 역시 도쿄의 이 서재에서 들었다. 그날 밤에도 오늘 밤처럼 책상에 앉아서 밤이 새기를 기다렸는데, 나는 자식으로서 생전에 아버지와 나누었어야 했지만 결국 나누지 못한 말을 몇 마디 주워 담고 있었다. 그러나 지금은 어머니와 나눌 그런 말이 없었다. 어머니와는 생전에 뭐든 이야기를 나누었기에 더 해야 할 얘기는 남아 있지 않은 기분이었다.

　8시 30분에 구와코가 왔다. 서재에서 나와 보니 구와코는 아내와 거실에 서서 이야기를 나누고 있었다. 내가 들어가자 구와코는 할머니, 너무 갑작스럽게 가셨어요, 이렇게 갑자기 가실 줄 알았으면 요전 일요일에 가봤으면 좋았을 텐데, 라는 말로 슬픔을 드러냈다. 나도 시가코도 구와코도 아내 미쯔도 모두 어머니를 언젠가부터 어머

　　　　　　　　　　　　　　　　내 어머니의 연대기

니라고 부르지 않고 할머니라고 부르고 있었다. 어머니가 많이 연로해지고 심하게 노쇠해진 다음부터는 자연스레 그리 되었던 것이다.

나는 어젯밤 전화로 시가코에게 그랬듯이 구와코에게도 고마운 마음을 전했다. 할머니를 돌보느라 정말 수고가 많았다, 라고 말하자 구와코는, 길게 병을 앓으시지도 않고 이렇게 눈 깜짝할 사이에 돌아가시다니 정말 이런 점은 할머니다운 것 같다고 말했다. 나는 이제 편안하다, 너희들은 모르겠지만 여기는 특등석이야, 라고 구와코는 어머니를 대신해서 말하고는 손가락으로 두 눈의 안쪽을 누르며 눈물을 참았다.

나와 구와코는 급히 아침식사를 마치고 가방 몇 개를 현관에 내놓았다. 개관식용 양복을 넣은 가방도 있었고 장례용 상복이 든 가방도 있었다. 이런 형편이라 연재는 쉴 수밖에 없었는데 개관식은 주최자 측에서 여러 곳에 초대장을 보내두었기 때문에 이제 와서 달리 어찌할 수가 없었다. 발인이 24일, 개관식이 25일로, 가라앉은 기분을 전환하는 일이 힘들 것 같았지만 아슬아슬하게 겹치지 않아 다행이라 생각해야 할 듯했다.

결국 10시 가까이 되어 집을 나왔다. 차는 도메이(東名) 고속도로에 들어섰다. 하늘은 맑았고 후지 산이 아름답게 보였다.

"할머니도 이제 곧 아흔 살 축하 잔치를 할 수 있었는데."

구와코가 말했다. 어머니는 해가 바뀌면 세는 나이로 아흔 살이었다. 아들딸들 사이에서는 어머니의 아흔 축하 잔치 이야기가 화제였는데 죽음이 선수를 쳐버린 것이다. 나나 가족들, 구와코도 25일에 있을 개관식에 참석하고 나서 고향에 들러 어머니 곁에서 하루 이틀 지낼 요량이었는데 간발의 차이로 그 계획은 무산된 것이다. 그러나 어머니 입장에서 보면, 개관식이 뭔진 모르지만 그 김에 와주는 거라면 별로 기쁘지 않았을지도 모른다. 이런 이야기를 나누다가 구와코가 말했다.

"그래, 할머니는 그런 성격이었으니 어디 가는 김에 들르는 건 내키지 않을 수 있지. 그래도 장례식에 온 이들은 모두 할머니를 위해서 모이는 거니까 불만은 없으시겠지. 분명히 시끌벅적한 장례식을 좋아하실 거야. 사람이 많이 모이니까 기분 좋으시겠지."

고텐바에 가까워질 무렵부터 후지 산은 오른쪽에서 모습을 보였다가 정면이 보이기도 하고 왼쪽에 나타나기도 했다. 산 정상부터 기슭까지 표면이 완전히 드러나 있었는데 이런 후지 산은 처음 보았다.

누마즈 근처에 오자 후지 산은 오른쪽에 나타났다가 다시 뒤쪽으로 자리를 옮겼다. 하늘은 파랗고 맑게 펼쳐져 있었고 솜이라도 뜯

　　　　　　　　　　　　　　내 어머니의 연대기

어놓은 듯한 순백의 구름이 떠 있었다. 나는 올해 5월부터 6월에 걸쳐 이란과 터키 여행을 했는데 그때 바라본 터키 남부의 푸른 하늘과 흰 구름은 너무나 아름다워서 마음 깊이 스며들었다. 이날 도메이 고속도로에서 본 하늘과 구름은 흡사 터키의 하늘과 구름이었다. 어머니의 장례를 위해 고향 집으로 향하는 날이 이렇게 시원하고 청명한 날이라니, 이 역시 어머니다운 선택 같았다.

나는 지금까지 어머니의 늙은 모습에 대해 「꽃나무 아래에서」와 「달빛」이라는, 수필이라고도 소설이라고도 하기 어려운 글 두 편을 썼다. 「꽃나무 아래에서」의 어머니는 여든 살이고 「달빛」의 어머니는 여든다섯 살이었다. 따라서 어머니는 「달빛」 이후로 4년 이상을 사시고 갑작스레 죽음을 맞이한 것이다. 이 만년의 4년 중 전반기인 2년은 노쇠의 정도가 심해져 여전히 주위 사람들을 애먹였다. 후반의 2년간은 몸이 약해짐과 동시에 노쇠 증상은 왠지 힘을 잃은 듯했고 여전히 제정신이 아니었지만 이전에 비하면 믿기 힘들 만큼 조용한 날들이 찾아왔다. 어머니에게도 자식들에게도 참으로 다행이었다.

「달빛」에서 나는 어머니가 당신이 걸어온 인생을 70대, 60대, 50

대 순서대로 가까운 곳에서 차례대로 지워가다 결국 10대에서 20대 초반까지의 연령으로 돌아갔다는 내용을 적었다. 「달빛」 무렵에서 약 1년 후에 어머니는 도쿄에 와서 20일 정도를 우리 집에서 지내신 적이 있다. 고향에서 어머니를 돌봐주는 여동생 시가코가 꼭 집을 비워야 하는 사정이 생겨서 그동안 우리가 어머니를 맡기로 했던 것이다.

추운 계절이었는데 추위가 누그러지기를 기다렸다가 아내 미쯔와 전년에 대학을 졸업한 막내 요시코가 어머니를 모시러 고향으로 향했다. 두 사람은 고향 집에서 하룻밤을 묵고 다음날 어머니를 차에 모시고 도쿄로 돌아왔다.

어머니는 고향을 떠날 때에는 기분이 좋았고 당분간 집을 비운다고 이웃분들에게 인사도 하면서 신명이 나서 차에 올라탔다. 도중에도 도로변의 메마른 겨울 풍경을 즐기는 듯했는데 집에 도착하자 거실에 자리를 잡고서 1시간도 채 되지 않아 벌써 고향 집에 돌아가겠다고 고집을 부리기 시작했다. 그후 20일가량 도쿄에 있는 동안에 매일매일 돌아갈래, 돌아갈래, 라고 고집 부리며 마음을 바꾸지 않았다.

오전 중에는 머리가 휴식을 취하고 있어서인지 말투도 온화했고,

   내 어머니의 연대기

이제 오늘은 슬슬 돌아가야겠다든가, 여기에 있으면 나도 편하고 좋지만 고향 일도 걱정이 된다든가, 그때그때 점잖고 그럴싸한 말을 했다. 하지만 오후부터 저녁 무렵까지는 고향으로 내려가겠다는 마음이 한시도 쉬지 않고 격렬하게 마음을 뒤흔들었다. 언제나 누군가 어머니를 지켜봐야 했다. 잠시라도 눈을 떼면 어머니는 작은 가방을 들고 현관으로 내려갔다. 타일러도 들으려 하지 않았고 어깨에 손이라도 닿으면 마치 상대가 자신에게 폭력을 휘두르기라도 한 양 격하게 화를 냈다. 가족 중에서는 나한테 가장 유순한 편이었는데 격하게 흥분했을 때에는 내 말에도 귀를 기울이지 않았다. 이럴 때에는 내가 당신 아들이라는 것을 과연 알고나 있는지도 상당히 의심스러웠다.

그렇게 하루가 저물고 땅거미가 내리기 시작할 무렵이 되면 어머니는 잠시 조용해졌다. 시간적으로 이제 시골에 내려가는 것은 무리라고 생각한 걸까, 아니면 낮에 흥분한 탓에 지친 걸까, 어머니는 뭔가 씌기라도 한 듯이 조용한 얼굴로 추운데도 정원 잔디밭에 나가거나 내 서재를 들여다보고, 의외로 조용히 목욕탕에 들어가기도 했다. 그후에는 가족들과 함께 식탁으로 향하는 것이 일과였다.

"할머니, 힘드셨죠? 오늘."

아이들이 이렇게 물으면,

“아니다, 힘들긴. 너희들이 힘들었지.”

어머니는 이렇게 말했다. 그러나 고향 집에 돌아가야 한다는 걸 잊지는 않았다. 내일은 아침 일찍 출발하니까 배웅하러 나오지 않아도 된다든가, 오늘밤 중에 인사를 해두자든가, 내일은 고향에서도 많은 사람이 기다리고 있을 거라는 얘기를 했다.

“그렇게 많이 누가 기다릴까요.”

미쯔가 이렇게 말을 꺼냈다.

“이쪽 집하고는 달라. 일하는 사람들도 여럿 있고, 정원도 넓고, 목욕탕도 온천이니까 편하게 목욕할 수 있지.”

어머니는 그런 말을 심술궂게 했다.

“어머 정말 대단하네요, 할머니 집은.”

요시코가 이렇게 말하자, 이번에는 말투를 부드럽게 바꾸어,

“다음에 자네도 한번 오게. 과일나무도 많이 심었어. 부엌도 여기보다 훨씬 넓고 우물도 두 개나 있다니까.”

어머니는 그렇게 말했다. 이럴 때의 어머니 얼굴에서는 어린 소녀가 자기 집을 자랑하는 듯한 느낌이 풍겼다.

저녁식사 후에 어머니는 카펫에 방석을 깔고 앉은 채로 2시간 정도 거실에 있었다. 주위 사람들 얘기에 귀 기울이거나 자신만의 세

    내 어머니의 연대기

계에 들어가 있기도 했다. 조금 지나자 졸음이 와서 때로 졸다가 깜짝 놀라 조금 부끄러운 표정으로 기모노 옷깃에 손을 가져가곤 했다. 어머니의 이런 모습을 눈치챈 요시코는 재빨리 일어나 다가가서,

"자, 이제 자야지."

하고, 어머니의 손을 잡는다. 어머니가 자러 가기를 거부하자,

"안 돼, 안 돼. 자, 코 자야지" 하며 요시코는 능숙하게 어머니를 일으켜 반쯤 안은 채로 이층으로 올라가는 계단 쪽으로 데려간다. 어머니를 재우는 것은 요시코의 일이었고 그녀만이 할 수 있는 특기이기도 했다. 다른 사람이 이렇게 하려면 힘들었지만, 어머니는 요시코에게만은 관대했다. 낮에 어머니가 흥분해 있을 때에는 요시코라도 감당하지 못했고, 오히려 요시코를 거부하는 태도를 취했지만, 잠자리에 들 때만은 순순히 말을 들었다. 나는 요시코가 어머니를 재우는 것을 본 적은 없었지만, 때로 요시코는 오늘밤은 성공했다, 실패했다면서 잠들 때의 어머니 얘길 할 때가 있었다.

"싹싹 재빠르게 해요. 옷을 벗기고, 잠옷으로 갈아입히고, 이불 속에 들어가게 한 다음 이불에 덮인 어깨 부분을 톡톡 두드려요. 그리고 종이하고 지갑하고 손전등을 준비해서 일단 할머니한테 보여주면서, 여기 분명히 놓아둘 거라고 하고서 머리맡에 둬요. 그리고 한

번 더 이불의 어깨 부분을 톡톡 두드려요. 톡톡 두드려주지 않으면
안정이 안 되는 것 같거든요. 그리고 복도에 나와서 전등 스위치를
돌려서 방만 어둡게 하고 잠깐 그대로 서 있어요. 2, 3분 지나도 다
시 밖으로 나오지 않으면 된 거예요."

요시코는 아마도 매일 밤, 그렇게 어머니를 재웠을 것이다. 나는
요시코의 그런 이야기가 즐거웠다. 거기엔 다정한 할머니와 손녀의
모습이 있었다.

언젠가 요시코가 이런 말을 했다.

"할머니는 우리를 누구로 생각하고 있는지 아세요? 난 일하는 사
람이에요. 아마 그런 것 같아요. 게다가 당신보다 나이 많은 언니 같
은 사람이라고 생각하고 있는 듯해요. 투정을 부리고 화를 내기도
하죠. 어젯밤에는 한참을 애먹이더니, 한다는 말이, 힘들 텐데 좀 쉬
어, 이러는 거 있죠."

우리는 어머니가 자신이 걸어온 80년 생애의 긴 선을 한쪽 끝에
서부터 순서대로 지우개로 지워가다가 결국에는 10대나 20대 초
반 무렵으로 돌아가버렸다는 식으로 어머니를 바라보았다. 그런 시
각이 모두 바뀌진 않았지만, 이번에 도쿄에 와 계신 어머니를 보면
아무래도 어머니를 그 연령대 여인으로 생각하기는 어려웠다. 고향

                                          내 어머니의 연대기

에 내려가야 한다는 생각에 사로잡혀 있을 때의 어머니는 세상 물정에도 훤했고 일종의 거래라든가 밀고 당기기 같은 언동에도 능했다. 비교적 착하게 있을 때에는 10대나 20대 초반 나이로 돌아가 그 시절의 생활을 영위하는 듯했지만, 그럴 수 없을 때에는 문득 긴 인생을 살아온 세속적 지혜가 얼굴에 드러났다.

이런 어머니가 2, 3년 전과 달라진 점도 있다. 이전에는 10대 어머니에게 사모의 대상이었던 것으로 보이는 슌마, 다케노리라는 두 소년 이야기를 하다가 손자손녀들에게 놀림을 받곤 했는데 이번에는 그런 일이 없었다는 것이다. 아이들이 먼저 이야기를 꺼내면 모를까 당신이 먼저 입 밖에 내는 일은 없었다. 어머니는 심히 노쇠해져서 어린 날 사모의 대상이었던 두 소년의 모습조차 이제 뇌리에서 흐려진 듯했다.

요시코가, 할머니가 자기를 아무래도 일하는 언니쯤으로 보는 것 같다고 했을 때, 나는 어머니가 착할 때엔 할아버지 밑에서 맘껏 응석부리면서 자랐던 유년 시절로 돌아간 것이 아닐까 하는 생각이 들었다. 슌마, 다케노리라는 소년에게 사모의 정을 품었던 열세네 살 때보다 더 낮은 연령으로 내려와버린 것이다. 그러니까 소년들의 얘기를 하지 않게 되었고 더 어린 시절의 생활 속에서 살아가기 시작한 것이다.

  어머니가 당시 미시마와 고향에 각기 진료소를 두고 개업의로 화려하게 활약하고 있던 기요시 할아버지 밑으로 들어간 것은 대여섯 살 때였던 모양이다. 할아버지는 아이가 없어서 가문의 대를 잇기 위해 양자를 들였는데 양자 부부의 첫째 딸로 어머니가 태어나자 손녀를 진심으로 예뻐했고 너무 예뻐한 나머지 어머니를 데려와 자신이 살고 있는 고향 진료소 근처에서 기르기로 한 것이다. 할아버지는 좀 이르긴 했지만 그 무렵부터 장차 어머니를 분가시켜 데릴사위에게 가업을 잇게 할 셈이었던 것 같다. 실제로 그렇게 되었는데 어찌되었든 간에 어머니는 할아버지의 맹목적인 사랑 덕분에 다소 이상하다고도 할 수 있는 환경에서 자랐다. 어머니의 낙천적인 성격은 이 시기에 형성된 것이다. 어머니는 무슨 일이든 자신이 중심에 서지 않으면 마음에 흡족하지 않았고, 자존심이 강하고 타인이 자신을 위해 봉사하는 것을 당연하다고 생각하는 면이 있었다. 그러나 천성은 이와 반대였다. 동정심이 강하고 꼼꼼하며 무슨 일에나 잘 협조했다. 이런 상반되는 요소들은 긴 생애 가운데 순간순간 어머니를 지배해왔다. 어머니는 어떤 이에게는 친절한 인상을, 어떤 이에게는 무서운 인상을 주었다. 어떤 이에게는 이기적이고 제멋대로인 인상을,

        내 어머니의 연대기

또 어떤 이에게는 밝고 사교적인 인상을 주었다. 하지만 단 하나, 예외 없이 누구에게나 보여주는 면이 있으니, 바로 강한 자존심이었다.

그건 그렇다 치고, 나는 어머니가 지금까지의 정신연령을 한층 더 낮춰 기요시 할아버지 밑에서 아무런 부족함 없이 제멋대로 자라난 유년기로 돌아간 것이 아닐까 생각했다. 이렇게 가정했을 때 왠지 마음속이 밝아졌고 편해지기도 했다. 어머니가 돌아간 나이가 대여섯 살인지 일고여덟 살인지 모르지만, 그렇다면 어머니는 앞으로 아무 의미 없이 제멋대로인 성격이 되어갈 터였다. 아들인 나로서는 어머니가 다름 아닌 이 유년기로 돌아가 고마웠다. 어머니에게는 평생 가장 행복한 시절이었을지도 몰랐고, 그런 생활 감각 속에서 산다면 어둡고 칙칙한 부분은 없을 터였다. 낮 동안의 어머니는 어두웠고 심지어 주위 사람들의 마음도 어둡게 만들었다. 적어도 밤만이라도, 교만하고 제멋대로였을 테지만, 많은 이들이 소중하게 돌봐주던 유년기로 돌아갔으면 하는 마음이었다.

이런 나의 기대를 송두리째 뒤집어버리는 사건이 일어났다. 어머니가 도쿄에 와서 딱 반달 정도 지났을 무렵의 일인데 심야에 나는 서재에 있다가 어머니의 방문을 받았다. 어머니는 잠옷 차림으로 손전등을 들고 내 방을 들여다보고 책상에 앉아 있는 나를 보자 한마디 말도 없이 돌아가려 했다. 나는 어머니에게 말을 걸었는데 그 저 돌아보기만 할 뿐 대답이 없었다. 나는 곧바로 어머니를 이층 침실로 데려갔다. 그리고 이불 속에 눕히려 했지만 말을 듣지 않고 또 어딘가로 걸어가려 했다. 나는 내 힘으로는 어쩔 수 없다고 생각하고 복도 맞은편 방에서 자고 있던 요시코를 깨웠다. 이 소동으로 요시코 말고도 두 오빠들까지 일어나서 나왔다. 두 사람 모두 2, 3년 전부터 사회인이 된 나이였다. 밤이 깊었는데도 어머니의 취침을 둘러싸고 가족회의가 열린 모양새였다.

"오늘 밤은 아버지한테 가셨구나. 어젯밤엔 나한테 오셨어. 자고 있는데 위에서 전등을 비춰서 깜짝 놀랐는데. 좀 무서웠지."

둘째 아들이 이렇게 말하자,

"나도 몇 번 당한 적이 있어. 할머니는 밤중에 눈을 뜨면 꼭 내 방에 들어와. 옆방이라서 그런가. 그러고는 손전등으로 방 여기저기를 비추고 침대 옆에 다가와서 내 얼굴을 들여다보고는 나가. 처음에는 화장실을 못 찾아서 그런가 생각했는데 그게 아닌 거야. 내 방에서 나가면 혼자서 화장실에 잘 갔다가 자기 방으로 들어가서 주무셔. 화장실에 가는 도중에 내 방에 들르시는 거지."

큰아들이 말했다.

"있는지 없는지 걱정이 돼서 보러 가시는 거야."

요시코가 이렇게 말하자.

"말도 안 돼. 나는 아침 일찍 일어나서 출근해야 한단 말이야. 너한텐 안 가셔?"

큰아들이 말했다.

"한 번 오셨어. 하지만 그 이후론 안 오셔."

둘째 아들이 말했다.

"안 오시는 게 아니라 잠들어 있어서 오시는지를 모르는 거겠지."

큰아들이 말했다. 그러고 나서 아들과 딸들은, 잠이 덜 깨어 혹은 몽유병이나 환각에 휩싸인 탓에 그런 행동을 하는 걸지도 모른다는 등의 의견을 개진했다.

"어쨌든 밤중에 깨우시는 건 곤란하다구. 요전에 할머니가 글쎄 손전등을 떨어뜨리셨어. 같이 찾아보았는데 도무지 찾을 수가 없는 거야. 혹시 하는 생각이 들어서 침대 밑을 들여다보니 거기에 있더라구. 손전등까지 제멋대로 돌아다닌다니까."

큰아들이 말했다. 그러자 그때,

"설마."

갑자기 어머니의 목소리가 끼어들었다. 모두들 어머니 쪽으로 얼굴을 돌렸다.

“손전등이 혼자 움직일 수가 있나.”

어머니는 이불 위에 앉아 있었다. 요시코가 어머니에게 겉옷을 걸쳐 드렸다. 어머니는 자신이 아래층에 내려간 것은 까맣게 잊어버리고 있어서 아까부터 자기가 화제의 중심이 되어 있는 상황이 의아하고 불만스러운 표정이었는데, 큰아들이 한 말 중에서 그 대목만이 귀에 들어왔고 상당히 불편했는지 갑자기 말허리를 자르고 끼어든 것이다. 어머니는 조금 전까지 멍했던 표정과는 달리 밝은 얼굴이었고 입가에는 아가씨 같은 악의 없는 웃음을 띠고 있었다. 그 모습을 보고는 모두 맥이 빠져버렸다. 어머니는 곧 요시코의 도움을 받아 이부자리에 누웠고, 나와 아들들도 각자 방으로 돌아갔다. 어머니가 해산 명령이라도 한 것 같았다.

그러고 나서 2, 3일 지나 어머니는 또다시 늦은 밤에 내 방쪽으로 오셨다. 그때도 나는 책상 앞에 앉아 있었는데 어머니가 응접실 카펫을 밟으며 걸어오는 소리를 들었다. 나는 곧바로 일어나 응접실을 들여다보았다. 건너편 현관으로 통하는 문이 반쯤 열려 있고, 계단 전등불이 희미하게 비쳐 들어왔지만 응접실은 전체적으로 어둠에 싸여 있었다. 어머니는 손전등을 들고 서 있었고 등 뒤쪽에 푸른 가운

　　　　　　　　　　　　　　　　내 어머니의 연대기

을 걸친 요시코가 졸음에 겨워 비틀거리며 서 있었다.

"귀신이군."

나는 무심코 소리 내어 말했다. 실제로 서양식 마루 한가운데에 서 있는 두 사람이 마치 부유하고 있는 영혼처럼 보였다. 나는 작년에 중국에 갔을 때 상하이 극장에서 〈정탐〉이라는 연극을 보았다. 용왕과 주유, 여자 주인공의 영혼이 구름을 타고 장강변의 도읍으로 날아가는 장면이 있다. 어머니가 손전등을 비추어 서재 입구를 찾는 장면은 주유가 긴 봉 끝에 불을 붙여 하계를 살펴보던 장면과 비슷했는데, 요시코는 가운의 푸른색 때문에 영혼이 되어 서 있는 여자처럼 보였다.

"고생이구나."

나는 요시코에게 말했다.

"졸린데 깨우시잖아요! 방으로 돌아가시려나 하고 생각했는데 계단을 내려가는 거예요. 내버려둘 순 없잖아요, 위험한데."

그러고 나서,

"어머니 방을 들여다보고는 그담엔 여기에 온 거예요."

요시코는 말했다.

"누굴 찾고 있는 걸까?"

"그건 아닌 것 같아요. 쓸쓸한 걸까요? 밤중에 눈을 떠보니 여기는 자기 방이 아닌 것 같다는 생각이 든 거겠죠. 여긴 아니야, 여기도 아니야, 그런 생각을 하면서 차례차례 방을 돌아다니는 것 같아요."

요시코는 말했다. 나는 어머니와 딸을 이층에 데려다주고 나서 잠이 올 것 같지 않아 서재에 위스키 병을 가지고 들어갔다. 그리고 늙으신 어머니의 머릿속에서 심야에 이런 행동을 하게 만드는 게 뭘까 생각했다. 요시코 말처럼 혹시 고향 집 침실을 찾고 있는 걸까, 아니면 아예 어릴 때로 돌아가서 무언가를 찾아 헤매고 있는 걸까? 며칠 전에 생각한 교만한 소녀 따위는 어디에도 없이 쓸쓸하고 어두운 모습이었다. 환각이라든가 몽유병 탓이라고 생각해버리면 그뿐이겠지만 아무리 생각해도 어머니의 행동에서는 정상은 아니더라도 일관된 한 줄기 선이 보이는 듯했다. 이런 모습을 본 이상 어머니를 이대로 내버려두면 안 될 듯한 기분이 들었다.

결국, 어머니는 도쿄 생활을 20일 정도로 정리하고, 고향으로 돌아가게 되었다. 적어도 한 달 정도는 어머니를 모시고 싶었는데, 더는 도쿄에 계시게 해서는 안 되겠다 싶어 시가코에게 부탁해서 어머니의 도쿄 체재를 예정보다 빨리 정리해버린 것이다. 어머니에게는 출발하는 날 아침까지 귀향에 대해 알리지 않았다. 귀향 2, 3일 전에

서재 옆 매화나무가 하얀 꽃을 피웠다. 어머니는 거기에 자극을 받았
는지 고향 집 매실 밭 이야기만 했다. 글쎄 토벽으로 된 광의 뒤편은
온통 매실 밭이라니까, 홍매도 백매도 있지, 그것들이 같이 피어서
지금쯤은 한창 보기 좋을 거야, 라며 같은 말만 되풀이했다. 한번 말
한 것을 금방 잊어버리므로 몇 번이나 되풀이한다. 매실 밭이라고 할
만한 규모는 아니었으나 다이쇼 시대 초기(다이쇼 시대는 1912~1925
년— 옮긴이)까지 고향 집 정원에 매화나무가 많았던 것은 사실이었
다. 하지만 지금은 달랑 몇 그루 남아 있을 뿐 토벽으로 된 광도 없어
져버렸다. 어머니는 드디어 매실 밭이 있는 고향 집으로 향하게 된
것이다. 하루 전에 와서 묵고 있던 구와코가 함께 어머니를 모시고
가게 되었다. 비교적 정신이 맑은 오전 중의 드라이브였기 때문에 차
안에서 어머니는 기분이 좋았다. 어디에 가는지 아세요, 하고 구와코
와 내가 묻자, 그런 건 몰라, 치매는 참 골치 아픈 일이지, 아마도 고
향으로 돌아가는 거겠지, 어머니는 미소 띤 밝은 얼굴로 말했다. 정
말로 어딜 가는지 모르는지, 아니면 그 정도는 알고 있으면서 모른
척하는 것인지는 나도 구와코도 짐작할 수 없었다.

　고향 집에 도착하자 어머니는 역시 기쁜 듯이 집 안을 여기저기
돌아다녔는데, 점심식사 후에 같이 마당에 나갔을 때에는 이미 오늘

도쿄에서 고향 집으로 돌아왔다는 사실 자체가 흐릿해져 있었다. 황폐해진 마당 여기저기에 매화나무 몇 그루가 흩어져 있었다. 홍매도 있고 백매도 있었는데 전부 늙어 꽃도 몇 송이 안 달렸고 빨간색도 흰색도 선명하지 않았다. 같은 고향 집 마당이기는 했지만 어머니가 도쿄에서 자랑하던 마당과는 상당히 달랐다. 어머니는 아마도 어린 날 마음속에 새긴 고향 집 마당을 자랑한 것이고 거기로 돌아갈 것을 강렬히 소망했을 테지만, 결국 그럴 수 없었던 것이다. 할머니, 매실 밭 매실 밭 하시더니 매실 밭도 없어져버렸네요, 내가 그렇게 말하자, 어머니는 그렇네, 라며 끄덕이고는 이젠 못 쓰겠네, 하고 말했다. 잔잔한 말투였다. 그런 어머니의 말에는 황폐해진 정원에 서서 이 집의 전성기를 그리워하는 분위기가 감돌고 있었다.

그날 밤, 나는 시가코 부부에게 도쿄에서 어머니가 어떻게 생활했는지 대강 알려주었다. 그런 이야기를 하던 중에 어머니의 심야 행동 얘길 하자,

"그건 여기서도 마찬가지예요. 하룻밤에 한 번이라면 그나마 낫죠, 아마 할머니는 조심스러워하고 있었을 거예요. 여기선 하룻밤에 두 번이나, 어떨 땐 세 번도 일어나서 우리 방을 들여다보고는 부엌으로 가서 복도를 지나 자기 침실로 돌아가세요."

     내 어머니의 연대기

시가코는 이렇게 말했다. 이렇게 되면 어머니가 고향 집의 자기 침실을 찾는 게 아닐까 하는 요시코의 가설은 성립되지 않았다. 도 대체 뭐 때문에 밤중에 돌아다니는 걸까? 이것이 화제의 중심이 되 었다.

"왜 그런 걸까요. 전에는 이런 일은 없었는데 1년쯤 전부터……. 전 처음엔 문단속을 신경 쓰시는 게 아닌가 생각했는데 아무래도 그 렇진 않은 듯해요. 요즘은 할머니가 아이가 되어서 어머니라도 찾고 있는 걸까, 자꾸 그런 생각이 들어요. 방을 들여다보고 나를 쳐다보 긴 하는데, 네가 아니라는 느낌을 주는 눈길을 홱 돌리고는 나가버 려요. 도쿄에서도 그랬겠지요. 정신없이 부모를 찾는 아이는 곧잘 그 런 눈빛을 보여요."

그런 얘기를 듣고 보니 나도 어머니의 두 차례 심야 방문에서 그 런 눈빛과 마주쳤다. 나를 보았으나 실제 보았다고는 할 수 없었다. 힐끔 눈길을 준 다음 금세 밀어내버린다. 아이가 정신없이 엄마를 찾 는 눈이라는 얘길 들으니 그런 듯도 하다는 생각이 들었다. 과연 매 일 밤 어머니의 방문을 받는 시가코의 관점에는 예리한 데가 있었다.

"저는 시가코와는 생각이 좀 다릅니다."

시가코의 남편 아키오가 말했다.

"그건 어머니가 아이를 찾는 게 아닐까요. 언젠가 갓난아이였던 형님이 없어졌다면서 문밖으로 뛰어나가서 큰 소란을 피웠던 적이 있었지요. 한밤중의 배회도 그 무렵부터 시작되었고요. 역시 자식이라도 찾는 기분으로 돌아다니고 계신 게 아닐까요. 일전의 사건 때에는 형님 이름을 부르고 있었기 때문에 갓 태어난 형님을 찾으러 가셨는지도 모르겠는데, 이번엔 다른 것 같아요. 특정한 누군가가 아니라 무작정 어느 자식을 찾고 있는 게 아닐까요? 어미 고양이가 새끼 고양이를 찾듯이 말이죠. 아무래도 그런 것 같습니다. 말하자면 어머니를 찾는 자식은 애처로운데 할머니는 애처로움 같은 건 없고 무섭잖아요. 자식을 찾고 있는 어머니 얼굴이죠."

아키오는 아키오대로 매일 어머니와 지내는 사람만이 가질 수 있는 견해를 드러내 보였다.

"그런데 할머니에겐 무서운 것뿐 아니라 처량함도 있어요. 난 할머니가 돌아다니는 걸 뒤에서 보면 처량함이 먼저 와 닿아요. 나는 자식 입장에서 어머니를 찾는 게 아닐까 생각해요. 게다가 어느 쪽이든 상관없는 거라면 나는 할머니가 가능하면 아이가 되었으면 좋겠어." 시가코가 이렇게 말하자,

"그게 본인한테 물어봐도 모르니까 답답해요. 난 몰라, 그런 기억

　　　　　　　　　　　　　　　내 어머니의 연대기

은 없어."

구와코는 어머니 말투를 흉내 내며 말했다. 그리고 다시 말을 이었다.

"그래, 할머닌 모르시겠지. 당신도 모르는 일을 하고 있는 거야. 나는 아무래도, 저기 말이야, 할머니의 영혼이 몸에서 빠져나와 어정어정 걸어다니는 거라고밖엔 생각이 안 돼. 어젯밤에 도쿄에서 할머니하고 한 방에서 잤는데, 할머니가 한밤중에 일어난 거예요. 모처럼이니까 같이 가주려고 따라갔는데 정말로 영혼이 혼자서 어정어정 돌아다니는 것 같았어요. 어정어정 돌아다닌다고는 해도, 바람에 날려 어디론가 흘러가는 게 아니라, 뭔가가 할머니를 움직이고 있는 듯해요. 할머니 자신은 모르지만 다른 무언가가 할머니를 조종하고 있는……."

"그런 무서운 얘긴 하지 마."

시가코가 손사래를 쳤다.

"이제 그만해요. 이런 얘길 하고 있으면 왠지 슬퍼져. 할머니가 불쌍해져."

구와코가 말했다. 모두 구와코와 같은 기분이었던 듯, 어머니 얘기는 이걸로 끝났다.

나는 어머니의 영혼이 무언가에 조종당하고 있는 것 같다는 구와코의 말을 듣고는, 만일 그렇다면 본능 같은 게 아닐까 하고 말하려다 분위기가 침울해지는 듯해서 그만두었다. 어머니가 불쌍해질뿐더러 우리도 슬퍼질 터였다.

시가코의 말대로, 어머니는 아이가 되어 어머니를 찾고 있는지도 몰랐고, 아키오의 말대로 젊은 어머니가 되어 아이를 찾고 있는지도 몰랐다. 혹은 또 다른 것을 찾아서 어린 어머니가 헤매고 있는 것인지도 몰랐다. 그러나 어느 쪽이라고 해도 구와코의 말처럼 그건 어머니도 모르는 일이며 틀림없이 스스로 아무것도 모르는 체하고 있는 것이리라. 그렇게 되면 대체 무엇이 그런 어머니를 움직이고 있는가를 물을 수밖에 없는데, 이를 본능이나 본능이라고까지 하지 않더라도 그에 가까운 것이라 한다면, 어느 정도 해석은 할 수 있을 것 같다. 어머니가 자식을 찾거나 자식이 어머니를 찾는 것은 애당초 태어나면서부터 가진 성향이다. 그것이 노쇠한 어머니의 육체와 정신 속에 지금도 사라지지 않고 남아 매일 밤 불가사의한 행동을 하도록 부추기는 것일지도 모른다. 이렇게 생각하면 심야의 행동을 설명할 수 있을 법도 했다.

몇 년 전에 어머니는 인간과 인간의 관계에서 애별리고에만 마음이 움직이는 듯이 보였다. 현재의 어머니는 그런 것에조차 마음이 움직이지 않는 상황이 되어버린 듯하다. 어머니의 노화는 점점 더 진행되어 이제는 쇠약해진 정신과 육체의 어딘가에서 타고 있을 본능이라는 푸른 불꽃의 흔들림에만 몸을 맡기게 된 걸까.

정말 그런지도 몰랐지만 어머니에 대한 그런 생각은 너무나 안타깝고도 우울한 일이었다. 아들딸들이 갑자기 어머니 얘기를 하다 중단할 만도 했다. 나만이 아니라 아키오도 시가코도 그리고 구와코도 각자의 감성으로 노쇠한 어머니의 몸속에서 타오르는 푸른 불꽃을 보고 있었던 것이 아닐까, 나는 그렇게 생각했다.

그날 밤 어머니는 오랜만에 고향 집에서 잠이 들어서인지, 이젠 돌아갈 거라고 떼를 쓸 필요가 없어져서인지, 놀랍게도 밤중에 일어나지 않고 주무셨다.

시가코가 편지로 어머니를 얼마간 맡길 수 있을지를 물어온 것은, 내가 고향 집 이층에서 노쇠한 어머니의 본능이 불꽃처럼 타고 있는 게 아닐까 생각했던 때로부터 1년 3개월 지난 이듬해 6월 초였다. 둘째 딸의 출산이 임박했는데 초산이라서 가까이에 두고 보살펴주고 싶은데 임산부와 할머니를 둘 다 돌보기에는 벅찰 것 같으니 출산 전후로 20일 정도만 어머니를 맡아달라는 이야기였다. 이 1년 3

개월 사이에 나는 몇 번인가 고향에 내려갔는데 어머니의 상태는 전과 다름이 없었다. 비교적 정신이 맑을 때도 있었고 심하게 망가져 있을 때도 있었다. 변함없이 한밤중에 고향의 낡은 집 안을 돌아다녔다. 아키오도 시가코도 더 이상 아이가 어머니를 찾는 거라는 말은 하지 않았다. 치매란 정말 힘든 거야, 난 할머니 딸이니까 할머니처럼 될 수도 있을 텐데 그럴까봐 걱정이라니까. 시가코는 이런 이야기를 하곤 했다.

유월 중순경에 이번엔 나와 미쯔가 어머니를 모시러 고향으로 향했다. 우리들은 고향 집에서 이틀을 자고 어머니의 현재 상태를 직접 보고 시가코 부부에게 물어보기도 하면서 일단 어머니에 대한 최신 정보를 입수한 후 사흘째 날 아침에 어머니를 차에 모셨다. 어머니를 가운데에 앉히고 나와 미쯔가 양쪽에 자리를 잡았다. 어머니는 몸이 불편한 것은 아니었지만 차에 태우고 보니 몸집이 한층 작아져 있어서 어딘가 약해 보였다. 차는 가노가와(狩野川) 강변의 도로를 달려 미시마로 나와 누마즈(沼津) 인터체인지에서 도메이 고속도로로 들어섰다. 누마즈 인터체인지 근처와 고속도로의 아쯔기 부근에서 두 번 휴게소에 들렀다. 텅 빈 식당 한쪽에 앉아 있는 어머니를 보니 너무나도 왜소해 보였다. 두 번 다 어머니는 아이스크림을 작은 스푼으로 떠서 드셨는데 그때마다, 정말 맛있다, 마치 이런 건 처음 맛본다는 말투로 말했다. 고향 집을 출발해서 도쿄 집에 도착할 때까지 어머니가 스스로 한 말은 이게 다였다.

도쿄 집에 도착하자 어머니는 모르는 곳에 끌려온 표정이었고 불안해 보였는데 지난번처럼 집에 갈 거라고 떼를 쓰지는 않았고 가족들이 하는 말에 순순히 따랐다. 목욕탕에도 들어가고 가족들과 함께 저녁 식탁에도 앉았다. 단지 어머니는 어떤 음식에 대해서도 맛있다고는 하지 않았다. 누군가 맛있지요? 하고 말을 걸면 그렇구나, 라는 식으로 대답했다. 이렇게 되어버렸으니 불평은 하지 않고 그냥 있어줄게, 이런 식으로 생각하는 듯했고, 다소 반항적으로 될 대로 되라고 생각하는 것 같았다. 그날 밤은 빨리 잠자리에 들어 아침까지 숙면을 취했다. 어머니 침실 바로 옆방에서는 요시코가 잤다.

고향에서 들은 시가코 얘기에 따르면 요즘 어머니의 심야 배회는 예전만큼은 아니라서 하룻밤에도 두세 번씩 일어나거나 하는 일은 거의 없었고, 일어나도 한 번뿐이었다. 일어나지 않을 때도 있었다. 그런 밤에는 시가코가 일어나 어머니 침실을 들여다봐야 했기 때문에 결국 어느 쪽도 힘들기는 마찬가지라고 했다.

도쿄에 온 지 이틀째 밤도 사흘 째 밤도 어머니가 다른 방으로 돌아다니는 일은 없었다. 한밤중에 잠이 깨도 요시코를 깨워서 화장실에 갈 뿐이었다. 요시코는 어머니가 전처럼 심야에 여기저기 돌아다니고 싶어 하지만 어디에 갈지 판단할 수 없어서 그런 게 아닐까 하는 생각이 든다고 했다. 지난번과 비교하면 그만큼 체력이 약해져있었다. 어디든 상관없이 돌아다니던 때의 열정은 이제 사라졌다.

어머니가 도쿄에 온 지 4, 5일째 되던 무렵, 요시코는 새로운 견해를 내놓았다.

"혹시 할머니는 감금이라도 당한 거라고 생각하시는 게 아닐까, 그래서 돌아다니길 포기했는지도 몰라."

전날 밤중에 어머니는 화장실에 다녀오면서 둘째 아들의 침실 앞에 서서 문손잡이에 손을 댔지만 마침 문이 안쪽에서 잠겨 있어서 열리지 않았다. 그러자 어머니는 순간적으로 그 문을 당신 방 문이라고 착각했는지, 이젠 아무 데도 못 나가게 되었네, 라고 혼잣말처럼 요시코에게 속삭였다고 한다.

"지금까지 별로 신경을 안 쓰고 있었는데, 할머니는 가끔 비슷한 행동을 하고 있는 것 같아. 혹시 그때마다 자신이 갇혀 있다고 생각하는 게 아닐까?"

요시코는 이렇게 말했다. 나는 매일 밤 그런 착각을 하는 어머니

　　　　　　　　　　　　　　내 어머니의 연대기

때문에 마음이 아팠지만, 그 때문에 심야의 배회를 멈춘다면 감수할 수밖에 없다고 생각했다.

낮에 어머니는 전에 머무르던 때와 마찬가지로 하루에 몇 번이나 고향 집에 돌아가겠다고 주장했으나 왠지 활력이 느껴지지 않았다. 어쩌다 생각이 나면 돌아가겠다고 했는데 언제나 거실 다다미에 앉아서 주장했을 뿐, 현관 바닥까지 내려가는 일은 없었다. 여기에서도 어머니의 체력이 쇠약해졌음을 느꼈고 체력 소진과 함께 치매 증상도 박력을 잃은 것처럼 보였다. 때로는 분노를 노골적으로 얼굴에 드러내거나 입 밖에 내는 일도 있었지만, 대부분은 자존심에 상처를 받은 경우였다. 단지 자존심의 실체가 확실치 않아서 주위 사람들로서는 다루기 힘들었다. 말로 잘 타일러도 설명을 해도 이해하지 못했다. 그럴 때 나는 어머니가 할아버지 밑에서 제멋대로 자라난 교만한 소녀로 살아가고 있음을 잘 알 수 있었다. 할머니는 말도 못 알아듣고! 누군가 그렇게 말하면 어머니는 양손을 무릎에 단정히 올린 자세로 상대방을 무시하는 표정을 지으며 얼굴을 홱 돌렸다. 그런 점은 다섯 살짜리 손녀와 비슷했다.

뭐, 이런 일들이 있기는 했지만 이 정도라면 어머니를 한 달이라도 두 달이라도 크게 고생하지 않고 모실 수 있지 않을까 하고 우리들은 이야기했다. 매년 7월 초에 가루이자와 산장 문을 여는데 올해에는 어머니를 거기로 모셔갈 수 있겠다고 나도 미쯔도 생각했다. 혹은 가루이자와로 가면 몇 년 전의 가루이자와 생활과는 달리 의외로 어머니도 낙엽송에 둘러싸인 조용한 산장 생활을 즐기시지 않을까, 라고 두 아들도 말했다. 반대한 사람은 요시코뿐이었다.

"생각해봐. 요전에도 힘들었잖아. 그때에 비하면 할머니의 치매 상태는 더 진행되었다구. 조용하고 좋을 거라든가 시원해서 좋을 거라고 생각할 것 같아요? 그런 감정은 완전히 없어졌어요. 우리가 생각지도 못하는 걸 할머니는 생각하거나 느끼면서 살고 있다구요."

요시코가 이렇게 말하자, 다른 사람들은 침묵할 수밖에 없었다. 어머니를 주로 돌보는 사람은 요시코이고, 현재 어머니를, 적어도 밤의 어머니를 가장 잘 아는 이도 요시코였기 때문이다.

사실 어머니를 가루이자와에 모셔 가는 것은 생각해보면 무리한 일이었다. 문제는 교통수단이었다. 혼잡한 역 구내를 떠올리면 열차로 모시는 것은 어머니의 약해진 신경에 견디기 어려운 일일 듯했고, 차로 네다섯 시간을 달리는 드라이브도 노인의 쇠약해진 신체에는 가혹한 일임에 틀림없었다.

일주일, 열흘, 어머니의 도쿄 체재는 예상외로 순조롭게 흘러갔다.

                                          내 어머니의 연대기

어머니가 본능의 푸른 불꽃에 몸을 맡기지 않는 것만으로도, 고향 집에 있을 때보다는 오히려 어머니에게는 좋은 일이 아닐까 하는 생각이 들었다. 어머니는 자식을 찾아 헤매는 광란의 젊은 여인이나, 어머니의 모습을 갈구하는 불쌍한 어린아이도 아니었다. 그러나 생각해보면 어머니에게 그런 충동이 없다고 할 수는 없었다. 밤중에 터덜터덜 걸어다닐 수 없을 뿐이었다. 그렇게 생각하니 또 다른 슬픔이 느껴졌다. 거실 구석에 말없이 앉아 있는 어머니 모습에는, 아무리 어머니를 찾아 헤매도 결국은 찾지 못해 체념해버린 소녀의 슬픔도, 자식을 찾아 돌아다니다 결국 포기할 수밖에 없었던 젊은 어머니의 슬픔도 있었다. 내게 어머니의 얼굴은 그런 고독한 아이의 얼굴로도, 고독한 어머니의 얼굴로도 보였다. 또 자식의 얼굴로도 어머니의 얼굴로도 보였고, 아이라면 아이로, 어머니라면 어머니의 얼굴로도 보였다.

어머니가 도쿄에 와서 반달 정도 지났을 무렵, 나는 어머니를 서재에 모시고, 잔디가 깔린 마당에 면한 마루 쪽 의자에 마주 앉은 적이 있었다. 늦은 아침식사를 마친 후에 10시가 조금 지났을 때였다. 나는 일을 시작하기 전 짧은 시간을 어머니와 차를 마시면서 보낼 생각을 했다. 요시코가 어머니에게 녹차 잎으로 우려낸 연한 차를,

나에게는 진한 차를 가져왔다. 내가 찻잔을 들어 올렸을 때 그때까지 눈앞에 보이는 집필용 책상 쪽으로 시선을 보내던 어머니가 무심코 말했다.

“요전까지 거기서 매일 글을 쓰던 사람은 돌아가셨지요.”

거기서 글을 쓰던 사람은 나로, 다른 누구일 리는 없었다.

“언제 돌아가셨죠?”

나는 어머니의 얼굴을 바라보면서 물어보았다. 어머니는 잠시 깊이 생각하는 표정을 보이다가, 별로 자신 없는 말투로 말했다.

“돌아가신 지 사흘 정도 되었나, 아마 오늘이 사흘째겠지요.”

나는 내가 죽은 지 사흘째가 된다는 서재를 둘러보았다. 방은 정리할 수 없을 만큼 어질러져 있었다. 책장에는 책이 꽉 채워져 있었고, 다다미 위에도 책무더기가 몇 개나 있었다. 그중 어떤 것은 무너지거나 무너지려는 참이었다. 그리고 책 무더기와 무더기 사이에는 여행 가방이 두 개, 골판지 종이 상자가 세 개, 그리고 흩어지지 않도록 끈으로 묶은 자료 다발들이 놓여 있었다. 자료 다발 중에는 내 것도 있었고 남한테 빌린 것도 있었다. 창가의 선반에도 서류나 종이 봉투, 잡지 등속이 난잡하게 쌓여 있었고, 나와 어머니가 의자에 앉아 있는 복도도 어디서부터 손을 대야 할지 알 수 없을 만큼 잡다한

　　　　　　　　　　　　　　　　　　　　내 어머니의 연대기

것들로 어지럽혀져 있었다. 이 상태로 내가 죽는다면 유족들은 아마도 뒷정리를 하느라 적잖이 고생할 것이다.

내 눈은 그런 곳들을 서서히 둘러보고서 작업용 책상 위에서 멈췄다. 책상 위도 잡다한 물건들로 어질러져 있었는데, 아직 일에 착수하지는 않았기 때문에 반 정도는 아무것도 놓여 있지 않은 공간이 생겨서 그곳만 이상하게도 깨끗이 정돈되어 있었다. 일하는 아주머니가 위에 놓인 것을 한쪽으로 밀어놓고 책상을 닦은 것이다. 그 깔끔한 빈 공간에는 아직 담배꽁초 하나 없는 재떨이 두 개가 잉크병과 나란히 놓여 있었다. 나는 조금 감상적인 기분이 되어 그곳에 앉을 주인 잃은 책상 위를 바라보았다.

"사흘째라……."

내가 작은 목소리로 말했다.

"그래, 아직 사람들이 많이 와 계시네요."

어머니는 말했다.

"그렇군요."

나도 말했다. 그리고 주인이 없어진 지 사흘째인 집 안을 소란함이 채우고 있다고 생각했다. 옆 응접실에서는 미쯔가 은행에서 온 듯한 손님 두세 명과 이야기를 하고 있었다. 거실에서는 목소리는 들리지 않았으나 어젯밤부터 묵고 있는 미쯔의 여동생 가족 네 명이 외출 준비를 하고 있을 터였다. 그리고 그 친척 가족을 마중나온 젊은 부부가 있었다. 또 마당 한구석에서는 파손된 차고 셔터를 고치러 온 건축회사의 젊은 사원 두 명이 일하는 아주머니와 서서 이야기를 나누고 있다. 이쪽 광경은 서재의 마루 쪽 의자에 걸터앉은 나의 시야에도 들어와 있다.

나는 문득 지금 어머니가 상황 감각 속에서 살고 있는 건 아닐까 생각했다. 상황 감각이라는 말이 있는지 알 수 없었고 적절한 말인지도 몰랐지만, 지금 여기에는 어머니를 이 집의 주인이 죽은 지 사흘째라고 생각하게 하는 감각적인 데이터가 있는 듯했다. 내 책상은 거기에 앉을 사람이 앉지 않은 지 사흘 정도 지난 상태로 정돈되어 있었으며, 집에는 상을 치른 지 사흘째가 되었을 정도로 많은 사람들이 드나들었다. 나는 아직 눈치채지 못했지만 어머니는 이런 데이터들을 몇 개나 수집했을지 모르는 일이었다. 그런 데이터로 자신만의 세계를 만들어 그 드라마 속에서 살아가기 시작하는 것이 아닐까. 적어도 지금 어머니는 집주인이 죽은 지 사흘째 되는 이 집에서 살고 있는 것이다. 슬퍼할 수도 있고 상중이므로 외부에 나가지 않고 조용히 지낼 수도 있다. 자신이 만든 드라마 속에서 어머니는 어

　　　　　　　　　　　　　　　　　　　　　　내 어머니의 연대기

떤 역할이든 맡을 수 있다.

이렇게 생각하니 어머니의 치매가 돌연 지금까지와는 좀 다르게 비쳐졌다. 어머니는 아침 식사를 한 지 얼마 되지 않았는데도 곧 저녁이 될 거라고 생각할 때도 있었고, 반대로 저녁을 아침과 착각하는 일도 있었다. 그러나 아침이든 저녁이든 어머니에게 감각적으로 아침이라고 느끼게 하는 것이 있다면 아침이었고 저녁으로 받아들이게 하는 점이 있으면 저녁일 수밖에 없었다.

나는 어머니와 마주 앉아 차를 마시고 있었는데 할머니, 대단한 일을 시작하셨네, 이번엔 정말 자기만의 세계를 살아가기 시작한 거네, 라고 말을 걸고 싶은 기분이 들었다. 분명 다른 누구에게도 통용되지 않는 자신만의 세계였다. 어머니가 자신의 감각으로 현실의 일부를 잘라내 그걸 재편성한 세계였다.

그러나 어머니 입장에서 말하자면 그것은 어제오늘 시작된 일이 아니었다. 기실 오래전부터 그렇게 살아왔는지도 모른다. 저녁을 아침으로 착각하고 아침을 저녁으로 잘못 알기도 한 것은 수년 전부터 시작된 일이었기 때문이다.

사건은 이 정도로 끝났지만 비슷한 일이 하나 더 있었다. 7월 초에 미쯔는 도우미 아주머니와 둘이서 많은 짐을 차에 싣고 가루이자와로 출발했다. 가능한 한 산장을 열 준비를 해두고 언제든 본격적으로 생활할 수 있도록 하기 위해서였다. 출발 직전에 어머니는 현관 바닥에 내려선 미쯔에게 "잠깐 할 얘기가 있어"라고 했다. 미쯔가 다시 집에 들어가려고 하자 어머니는, 그럼 밖에서 얘기하자고 하면서 게타를 신고 먼저 현관으로 나갔다. 어머니는 정문 쪽으로는 가지 않고 나무로 된 뒷문을 열어 마당 쪽으로 돌아갔다. 미쯔는 어머니의 뒤를 따라갔다. 어머니는 마당 구석의 라일락 옆까지 가서는 "자네한테 언젠가 한번 말해두려고 생각한 건데"라고 말문을 열었다.

"고향에서 나와 같이 살고 있는 여자는 사실 피는 통하지 않는 다른 집 사람이에요. 이 얘기를 자네한테는 알려줘야 할 것 같아서……."

어머니가 미쯔에게 말하려 했던 용건은 이뿐이었다. 나는 다음 날 밤 가루이자와에서 돌아온 아내에게서 이 얘기를 들었다.

"할머니는 진지한 표정이었어요. 정말로 이것만은 다른 누구한테도 말 안 하는데, 자네와 헤어지면 이제 다시 기회가 없을 테니 지금 말해 두는 거네, 라는 식이었어요. 고향에서 함께 살던 사람이라면 시가코 아가씨잖아요. 할머니와 피가 통하는 큰딸인데 가엾게도 남남 취급을 받다니."

　　　　　　　　　　　　　　　　　내 어머니의 연대기

아내는 이렇게 말했다. 나는 이 상황이 내가 어머니에게 죽은 사람 취급을 받았던 것과 비슷하다고 생각했다. 나는 어머니에게 죽은 사람이 되어버렸고, 미쯔는 어머니를 떠나가는 사람이 되어버렸다. 그날 아침부터 미쯔가 가루이자와에 갈 준비를 하며 산장을 관리하는 분에게 전화 연락을 하는 등 분주하게 움직이는 것을 본 어머니는 미쯔가 멀리 여행을 떠나서 다시는 볼 수 없을 거라는 인상을 받은 모양이었다. 떠나기 전에 미쯔는 불단 청소를 했다는데 그런 모습조차도 어머니에게는 특별히 작용했을지 모른다. 미쯔는 또 방문객 두 무리와 현관에 서서 이야기를 나누었다는데, 그것도 우리가 상상할 수 없는 자극을 주었을지도 모른다. 어찌되었든 어머니는 자신을 떠나가는 미쯔를 위해 어머니로서 해야 할 일을 해준 것이다. 어머니는 자신이 제작한 드라마에 스스로 나름의 역할을 맡아 등장한 것이다.

그리고 2, 3일 지난 뒤에, 이런 어머니에 대한 이야기가 거실에서 화제에 올랐다. 요시코는 몇 년 전에 자신이 경험한 교토 할머니 얘기를 했다. 교토 할머니란 미쯔의 친정어머니로 몇 해 전에 여든다섯 살이라는 고령으로 타계하셨다. 돌아가시기 반년쯤 전에 잠시 도쿄 우리 집에 계셨는데 요시코는 그때의 외할머니 얘기를 하는 것이었다. 어느 날 사람들이 집에 없는 틈을 타서 외할머니는 요시코에게 500엔짜리 지폐 한 장을 건넸다고 한다.

"난 처음엔 안 주셔도 괜찮다고 말했는데, 결국에는 안 받을 수가 없었어. 뭐라고 표현해야 좋을지 모르겠지만, 그때 할머니의 눈은 정말 필사적이었어. 매달리는 듯한 눈빛, 제발 받으라는 듯이 애원하는 눈빛이었어. 아무튼 받아야만 했어. 혹시 안 받았다면 할머니는 울어버렸을지도 몰라."

요시코가 말했다.

이 이야기를 요시코에게 처음 들었는데, 교토 할머니도 우리 어머니만큼은 아니었다고 해도 만년에는 확실히 치매 징후가 있었다. 치매 증상이 있는 노파란 비슷한 세계에 살고 있다는 생각이 들었다. 교토 할머니가 주위에 어떤 드라마를 설정했는지는 모르지만 그녀 또한 우리 어머니와 마찬가지로 누구도 알 수 없는 세계에 살고 있었음에 틀림없다.

"비슷한 얘기 같지만, 이즈 할머니와 교토 할머니는 상당히 달라. 이즈 할머니는, 아버지를 죽은 사람으로 취급하고 어머니는 자기를 떠나가는 사람으로 만들었지. 어딘가 심술궂은 구석이 있어. 교토 할머니는 그런 점에서는 순수하지. 이즈 할머니라면 절대로 손녀한테 용돈을 주려고 하지 않을 거야."

  내 어머니의 연대기

한 아들 녀석이 말하자,

"치매에도 개성이 있나보네. 이즈 할머니는 신극이고 교토 할머니는 신파군."

다른 한 녀석이 말했다.

어머니의 도쿄 체재는 채 한 달도 못 가서 끝났다. 시가코에게서 덕분에 둘째딸이 순산을 하고 남자아이가 태어났다는 전화가 왔다. 딸은 곧 자기 집으로 돌아가기로 되어 있으니 언제든 어머니를 돌려보내도 괜찮다고, 요즘 이틀이나 연속 어머니가 꿈에 나와 왠지 걱정이 된다고 털어놓았다. 나는 나대로 이미 가루이자와로 가서 지낼 계절이었고 어머니를 가루이자와에 못 모신다면 하루가 다르게 더워지는 도쿄에 모실 수는 없었다. 고향에 어머니를 모시고 가는 일은 구와코가 맡아주기로 했다. 구와코는 임무를 마치고 돌아와서 이렇게 말했다.

"할머니는 완전히 착한 할머니가 되었어. 그런데 착한 할머니가 되시니 오히려 걱정이 되네. 할머니는 치매로 전부 다 잊어버렸지만 최근엔 치매라는 사실도 잊어버리기 시작한 게 아닐까."

그로부터 7개월 정도 지난 이듬해 2월 말에 어머니의 여든여덟 살 생신을 자식과 손자 등 아주 가까운 이들만 모여서 축하하는 자리가 마련되었다. 어머니가 돌아가시기 1년 전 2월의 일이었다. 어머니 생신은 2월 15일이었는데 출근해야 하는 사람들의 사정도 있어서 열흘 정도 늦춰 고향 마을의 온천 료칸의 연회장에서 축하연을 하기로 했다. 어머니의 아들딸과 그 배우자, 손자와 증손자까지 전부 스물네 명이 여든여덟 살을 맞은 어머니를 위해 모였다. 우리는 세 그룹으로 나뉘어 넓은 원탁에 둘러앉았다. 맨 안쪽 테이블에는 남동생 부부, 시가코 부부, 구와코, 미쯔, 그리고 내가 안쪽에 계신 어머니를 둘러싸고 앉았다.

연회장에 들어갈 때까지 어머니는 이들 모두 당신을 위해 모였다는 사실을 아는 듯 즐거워 보였는데, 연회장에 도착해서 모두 할머니, 할머니, 하며 축배를 들고, 손자들이 선물을 드리기 시작한 무렵부터는 시무룩한 표정을 하고 있었다. 구와코가 옆에 앉아 어머니를 위해 요리를 앞접시에 덜어 드리고 부드러운 음식을 골라 드리곤 했는데 어머니는 그런 거에는 넘어가지 않는다는 듯이 음식에 별 관심을 보이지 않았다.

"왜 그러세요, 할머니? 할머니를 위한 축하 자리인데."

시가코가 말하자,

　　　　　　　　　　　　　　　　　내 어머니의 연대기

"나를 위한? 그래? 나를 축하해주는 거라고?"

어머니는 이렇게 말했다. 하지만 어머니는 자신이 축하받고 있다는 사실을 모르는 것은 아니었다. 분명히 자기를 위해서 모두 모여 축하한다는 사실은 알고 있다. 하지만 그걸 액면 그대로 받아들여 기뻐해도 좋을지를 납득할 수 없는 기분인 듯했다. 모두들 축하드려요, 라면서 축하해주고 있는 듯한데, 당사자인 자기로서는 그다지 축하받을 일도 아닌 기분이라는 얼굴을 하고서, 어디를 바라보든 의심스런 눈초리를 보내고 있었다. 손자가 노래를 불러도, 증손자가 유치원에서 배운 춤을 추어도, 어머니는 예의상 잠시 입가에 웃음을 띠다가도 금방 시선을 돌렸다. 어딘가 우울하고 분위기를 즐기지 못하는 모습이었다.

나는 이 자리의 주최자이자 소집자였지만 잔치 진행은 젊은이들에게 맡기고 관여하지 않았다. 어머니 이외의 사람들은 모두 즐거워 보였고 점차 분위기도 떠들썩하게 무르익어가는데 어머니 혼자만이 이 자리를 즐기지 못하는 듯한 모습이 마음에 걸렸다.

어머니는 어린 나이의 어머니로 돌아가서 더욱 호화롭고 사치스러운 세계로 들어가 있었는지도 모른다. 그렇다면 어머니에게 이 축하연은 빈약하게 느껴지고, 이런 자리에서 뭘 축하할 수 있는지 모르겠지만 어쨌든 축하받는 건 사양하겠노라는 기분이 들었을지도 모른다. 또 어머니는 자신의 여든여덟 생일을 축하하기 위해 다소 들썩거렸던 최근 2, 3일간 주위 분위기에서 몇 가지 감각 데이터를 끌어 모아 이 축하연과는 전혀 다른 드라마를 구성하여 거기서 살고 있었는지도 몰랐다.

어쨌든 이 축하연에서 줄곧 시무룩해 보이며 기뻐하지 않던 어머니가 그다지 싫지는 않았다. 어머니답다고 생각했고 최근 들어 가장 어머니다운 어머니라는 생각이 들었다.

어머니 중심으로 생각한다면 그다지 성공했다고는 할 수 없는 어머니의 여든여덟 살 축하연이 열린 다음 날, 우리 남매들은 오랜만에 고향 집에 모였다. 전날 밤 연회석에서는 시무룩한 얼굴을 하고 있었던 어머니도 이날은 아들딸들에게 둘러싸여 끊임없이 미소를 보였다. 무엇이 어머니를 바뀌게 했는지 모를 일이었다.

어머니의 심신 쇠약은 누구의 눈에도 확연히 보였다. 어머니는 거의 말을 하는 법이 없었고 예전같이 같은 말을 몇 번이곤 반복했다. 그래도 언제나 혼잣말처럼 입안에서 중얼거려서 별로 눈에 띄지 않았다. 또 어머니는 일단 어딘가에 앉으면 좀처럼 움직이지 않았다. 자리 이동 자체가 상당히 힘에 부치는 듯 주변 사람들이 없어

내 어머니의 연대기

져도 그대로 앉아 있었다. 2, 3년 전의 어머니로서는 상상할 수 없는 일이었다.

"덕분에 요즘 난 할머니한테 해방되었어요. 밤중에 일어나서 나오는 일도 점점 드물어져서 요즘은 며칠에 한 번 정도예요. 그 대신 일어나서 나올 때는 유령 같아요. 행동이 느리잖아요, 정말 유령이 들어오는 것 같아. 전엔 내가 부엌에 가면 부엌에, 현관에 가면 현관에 하루 종일 쫓아다녔는데 요즘엔 전혀 안 그래요. 가끔 등 뒤에 할머니가 없어서 깜짝 놀랄 때도 있어요."

시가코는 말했다.

그날은 모두들 왠지 어머니와 시간을 보내드리고 싶다는 기분이 들었고 어머니도 몇 년인가 계속 살았던 아버지의 부임지 이야기를 화제에 올렸다. 타이페이, 가나자와, 히로사키, 이런 곳들을 주로 얘기했다.

할머니, 그 사람 알아요? 손녀들이 물어보기도 했고, 할머니, 그 사람은 기억 안 나시죠? 나와 남동생이 묻기도 했다. 어머니는 대부분의 사람들을 잊었는데 가끔은,

"아, 그이는 좋은 사람이었지. 친절하고 좋은 사람이었어. 아이들이 없었는데 어떻게 지내고 계실지 모르겠네."

이런 이야기를 했다. 순간, 어머니는 생기 넘치는 표정을 지었다. 고장난 머릿속에 반짝하고 한 줄기 광선이라도 비치는 듯해서 아들딸들은 놀랐다. 어머니는 그런 사람을 서너 명 기억해냈다. 어머니의 머릿속에서 이름과 인물이 정확히 일치하고 있음을 표정에서 알 수 있었다. 그런 사람을 기억해냄과 동시에 하는 말은 언제나 틀에 박힌 듯이 똑같았다.

"아, 그 사람은 좋은 사람이었지. 친절하고 좋은 사람이었어요."

이에 반해서 아들딸들이 말하는 인물을 잘 기억하지 못하는 경우에는 가만히 고개를 가로젓거나, 때로는 "어차피 중요한 사람도 아니겠지" 하며 얄밉게 말했다. 자기가 기억 못 할 정도이니 틀림없이 별 중요한 사람은 아니라는 의미인 듯했다.

"할머니답네. 자기가 기억을 잃어버린 건 무시하고 원인을 상대에게 덮어씌워버리니."

구와코가 말했다.

"난 말이야, 할머니를 보고 있으면, 인간이 나이가 들어 치매 증상이 나타나면 자기 자식들도 타인과 동급으로 간주하는 게 아닌가 싶어. 아이들은 자기 부모니까 자기만은 잊지 않을 거라고 생각하지만, 그건 안이한 생각이야. 난 까마득히 옛날에 잊혀져버렸어. 물론 이

   내 어머니의 연대기

렇게 얼굴을 마주하면 당신에게 특별한 사람이라고 생각하는 것 같
지만, 그렇다고 자기 아들이라고 생각하진 않아. 이름을 말하면 우리
아들 이름이라고 생각하는 듯한데 이름하고 나를 일치시키지 못하
는 거야. 나라는 존재가 할머니에게서 제일 먼저 깨끗이 잊혀졌어."

남동생은 다소 감정을 담아 말했다.

"그렇게 말한다면 나도 10년이나 할머니랑 같이 살면서 매일 돌
봐드리는데도 언제부턴지 모르겠지만 딸이라고는 생각을 안 하게
되어버렸어. 나이 든 가정부 정도로 생각하고 있는 것 같아. 할머니,
할머니, 하고 부르잖아요. 참 속도 편하다는 생각은 들지만, 뭐 어쩔
수 없죠."

시가코는 말했다. 사실 시가코는 오랫동안 어머니를 돌보느라 고
생했지만 딸이라는 사실도 잊혀져버렸으니 가장 허탈하다고 할 만
도 했다. 이런 시가코를 잊을 정도니 어머니는 당연히 아키오도 잊
었다. 나와 구와코의 경우는 왠지 모르지만 비교적 늦게까지 자신
의 아들이고 딸이라고 생각하는 것 같았다. 그러나 최근 2, 3년간은
기억이 점점 흐릿해지더니 지금은 완전히 잊혀져버린 편에 들었다.

"빨리 잊히든 늦게 잊히든 간에 결국 똑같은 거지. 지금은 모두
아쉬울 것도 없이 평등하게 잊혀져버렸어. 드디어 모두가 버림받은

거야. 하지만 뭐 아버지도 버림받았으니까. 치매라는 건 정말 무서운 거지."

나는 말했다. 우리들은 어머니가 언제 아버지를 잊었는지 몰랐는데, 이상하다는 낌새를 느낀 후에는 이미 어머니의 기억 속에 아버지의 존재는 흐릿해져 있었다. 남동생 말을 빌리자면 어머니의 치매는 함께 긴 인생을 걸어온 아버지에게도 아무런 특권을 주지 않고 타인들과 동급에 놓은 셈이다.

"하지만 할머니는 상당히 오래전에 인연을 맺은 옛날 사람을 몇 명이나 기억하고 있잖아. 그것도 상당히 선명하게."

구와코가 말했다.

"자신에게 친절했거나, 자기가 좋은 사람이라고 생각했던 사람은 기억해두고, 그렇지 않았던 사람은 잊어버린 것 같아. 우리 아들딸들은 그런 점에서 별로 친절한 사람도 좋은 사람도 아니었던 셈이야."

남동생이 말했다.

"그럴까."

"그런 거 같아. 난 전에 생각했는데, 할머니 성격상 아, 친절하고 좋은 사람이다, 마음이 착한 사람이다, 아 정말 싫은 행동을 하는 사람이야, 정말 싫은 말을 하는 사람이야, 라는 느낌이 남들보다 훨씬

                                   내 어머니의 연대기

강하게 와닿은 거야. 그래서 마음속에서 분명히 친절하고 좋은 사람
들에게는 동그라미를 치고 반대인 사람에게는 사선을 그었을 거야.
동그라미를 그리든 사선을 긋든 치매가 아니라면 별 상관없지만 다
행인지 불행인지 치매가 되었어. 그리고 치매에 걸리고 나서는 사선
을 그어버린 사람부터 잊어버리기 시작한 거지. 똑같이 잊어버린다
고 해도 서열이 있을지도 모르지만 어쨌든 대개 한쪽부터 순서대로
잊어버리게 되는 거야."

"나도 연하장을 쓸 때 더 이상 이 사람한테는 안 보내도 되겠지 하
고 명부에서 지워버릴 때가 있는데 그와 비슷한 것 같아."

"그럼 우리들은 모두 명부에서 지워진 거네. 언제인지 모르지만
사선이 그어져 있었고 말야."

"그래 완전히 줄이 그어졌지."

"그게 언제쯤일까?"

"글쎄 모르지."

남동생은 말했다. 그는 농담처럼 말했는데 그의 이야기를 듣고 있
으면 뭔가를 생각하게 되었다. 분명 인간이란 인생에서 알게 된 사
람들을 명부에 적어 넣기도 하고 지우기도 한다.

"그럼 그렇게 말하는 넌 언제 할머니에게 줄이 그어졌니?"

시가코는 남동생에게 물었다.

"글쎄, 어렸을 때 취직 문제로 어머니랑 말다툼을 한 적이 있는데 그때였을지도 모르겠네."

"그건 옛날 일이잖아."

"어쨌든 그럴 때 내 이름에 줄이 그어진 거지. 할머니가 치매에 걸리지 않았다면, 단순히 줄을 긋는 걸로 끝났을 텐데 이젠 완전히 이름이 지워져버렸네."

남동생 이야기를 들으면서 나는 어머니가 남동생을 지운 적이 있다면 그건 양자로 처가에 들어갔을 때가 아닐까 생각했다. 어머니는 남동생의 혼담에는 대찬성이었고 무척 기뻐했는데 결혼이 결정되고 자기 배로 낳은 자식이 남의 집 데릴사위로 들어가면서 자신을 떠나게 되었을 때 남동생을 가장 귀여워했던 만큼이나 문득 자식에게 버림받았다는 비참한 기분이 든 게 아닐까. 어머니가 남동생 이름에 줄을 그었다면 그때였을지도 모른다.

"그럼 아버지는?"

구와코가 말했다.

"그건 종전 무렵이겠지."

이번엔 내가 말했다. 어머니의 손으로 아버지 이름에 줄을 그었다

   내 어머니의 연대기

면 분명 그때일 것이다. 일생을 군복을 입고 지낸 아버지의 권위와 영광이 전쟁이 끝남과 동시에 덧없이 벗겨져 무력한 모습으로 패전 후의 사회에 내던져졌을 때, 어머니는 아버지에게 지금까지의 삶과는 너무 다르지 않느냐며 항의하고 싶었던 게 아닐까? 아버지는 현역 때 어머니에게 폭군이었지만 어머니는 그런 아버지를 잘 내조했고 퇴역 후에는 갑자기 은둔벽이 심해진 아버지 대신 고향에서 재향 부인회장이라는 역할도 맡으면서 군인의 아내로 할 일은 하고 있었던 것이다. 자존심이 강하고 지기 싫어하는 성격이었던 만큼, 종전에 따른 아버지의 권위 실추는 어머니에게 큰 타격이었음에 틀림없다. 어머니는 아버지에게 다소 따지듯이 이야기하고 싶었을지도 모른다. 아마 선을 그었다면 이때 그었으리라.

"그러면 나도, 구와코의 남편도 역시 전쟁이 끝날 무렵에 줄이 그어진 거네."

아키오가 말했다. 아키오도 군인이었고 구와코 남편도 군의였다.

"오빠는 언제죠?"

구와코가 나에게 물었다.

"미쯔와 결혼했을 때일까. 아니면 의사가 되지 않고 신문기자가 되었을 때였겠지. 신문기자가 되겠다고 말했을 때 어머니는 시무룩한 얼굴을 하셨으니까."

나는 말했다. 대대로 의사라는 직업을 이어온 우리 집 가계도는 나로 인해 새로 그려졌다. 내가 대학 의학부에 진학하지 않은 것은 기요시 할아버지 밑에서 자라던 시절부터 자기 집안을 특별한 의사 가문으로 여겨온 어머니에게 믿기 어려운 사건이었을 것이다. 하지만 나는 그런 일과 별개로 어머니가 내 이름 위에 줄을 그은 적이 있다면 그건 나 자신이 눈치채지 못한 때가 아니었을까 생각했다. 나뿐 아니라 남동생이나 시가코, 아키오와 구와코도 자신들이 눈치채지 못했을 때 어머니가 이름에 줄을 그었는지 모른다.

우리들이 제멋대로 상상력을 발휘해 다소 흥분해서 이야기하고 있을 때, 당사자인 어머니는 옆방 의자에 앉아 얼굴에 손수건을 덮고 잠들어 있었다. 치매 증상은 있었으나 자신의 잠든 표정에 신경을 쓰거나 하는 점은 역시 어머니다웠다. 당신의 아들딸이 좀처럼 따라갈 수 없는 점인지도 몰랐다.

어머니의 여든여덟 살 축하연이 열린 해의 가을부터 이듬해 봄에 걸쳐 나는 세 번 고향 집을 방문했다. 내 눈에 비치는 어머니의 모습은 그때마다 한 둘레씩 작아져 있었다. 작은 몸집의 어머니는 언제나

　　　　　　　　　　　　　　　　　　내 어머니의 연대기

안뜰에 면한 방에 있는 고타츠(상판 밑에 난방장치가 부착된 테이블—옮긴이) 앞에 앉아 있었다. 추울 때에는 고타츠로 몸을 따뜻하게 데우고, 온기가 필요 없을 때에도 그곳을 떠나지 않고 기대듯이 앉아 있었다. 밤이 되면 고타츠 옆에 깔린 이불에서 주무셨다. 어머니는 하루 종일 거기서 일어나지 않았다. 이전에는 정원에 나뭇잎이 한 장만 떨어져도 재빠르게 눈치채고는 자리에서 일어났고 대체로 한시도 앉아 있으려 하지 않았는데, 지금의 어머니는 몸을 조금이라도 움직이는 것이 힘겨워 보였다.

식사 때에만 어머니는 거실에 나와서 식탁 앞에 앉았는데, 식사량은 겨우 이걸로 몸을 유지하다니 신기하다는 생각이 들 정도로 적었다. 언제나 달콤하고 부드럽게 조린 콩을 정말 조금 담은 접시가 나왔는데 그쪽으로만 젓가락을 가져갔다. 육류는 일체 입에 대지 않았고 채소도 과일도 먹지 않았다. 젊었을 때부터 편식을 하기는 했지만 치매 증세가 심각해지고부터는 마음에 안 드는 음식은 쳐다보지도 않았다. 할머닌 계란말이와 콩조림만 있으면 돼, 분명히 어렸을 때 이런 것만 먹고 자랐겠지, 시가코는 말했다.

어머니는 한층 더 말수가 적어졌다. 말을 하지 않으니 치매 증상도 어느 정도인지 알 수 없었다. 가끔 방문객이 어머니의 고타츠 옆에 앉을 때가 있었다. 어머니는 자기 앞에 앉아 있는 사람이 누구인지 몰랐지만 누구에게나 통할 법한 미소를 띠고 오늘은 날씨가 좋네요, 라든가 하나도 안 변하셨네요 같은 무난한 말을 꺼내곤 했다. 어머니는 자신의 치매 증상을 남들이 눈치채지 못하게 하려고 조심스러워져 있었다. 이런 어머니였기 때문에 체력은 쇠약해졌어도 용변을 보는 일에 실수하는 일은 좀처럼 없었고 시가코는 그런 일로 고생하지는 않는 듯했다. 게다가 계곡에서 온천물을 끌어오고 있어서 언제나 작은 욕실에는 더운물이 넘쳤으므로 만일 그런 일이 있더라도 뒤처리는 비교적 간단했다. 하지만 어머니는 그런 경우에도 시가코를 힘들게 하지 않으려고 스스로 처리하려는 마음만은 잃지 않고 있는 듯했다.

정월에 고향에 내려갔을 때 나는 어머니의 쇠약해진 몸을 보고, 어머니가 언제 쓰러지더라도 이상하지 않다고 생각했다. 아키오도 같은 의견이었다. 그러나 시가코, 미쯔, 구와코 등 여자들은 어머니가 의외로 지금 상태로 앞으로 몇 년은 살아 계실 거라고 주장했다.

올해 5월부터 6월에 걸쳐 나는 아프가니스탄, 이란, 터키로 여행을 떠나게 되었다. 그 전에 어머니를 만나려고 미리 시가코 부부에게 연락해두고 당일에 차까지 부르고 나서는 갑자기 그만두었다. 왠

　　　　　　　　　　　　　　내 어머니의 연대기

지 어머니에게 작별 인사라도 하러 가는 기분이어서 안 가는 편이 나을 듯한 기분이 들었던 것이다. 그 얘기를 시가코에게 전화로 전하고 혹시 여행 중에 어머니에게 무슨 일이라도 생기면 미쯔나 구와코와 상의해서 잘 처리하도록 부탁했다.

"뭐, 할머니에게 별일은 없을 거예요. 어젯밤에도 잘 주무시고 오늘 아침엔 아무리 시간이 지나도 안 일어나셔서 두 번이나 보러갈 정도였어요. 얼굴 피부도 윤기가 있고 처녀 같아졌어요. 내가 더 할머니 같다니까요."

시가코는 말했다.

나는 6월 말, 장마가 아직 끝나지 않았을 때 여행에서 돌아왔다. 사막과 변경 지대를 차로 돌아다닌 험난한 여행의 피로가 여름 내내 나를 다른 사람처럼 만들었다. 8월 들어 가루이자와에 가서 더위를 피했는데 불면의 밤이 계속되었다. 한동안 그런 식이었고 9월이 되어서야 여행의 피로감에서 벗어났다. 도쿄 서재 마루에서 기분 좋게 맑은 가을 하늘을 올려다보다 갑자기 고향에 들러야겠다는 생각이 들었다.

반년 만의 고향 집 나들이였다. 어머니는 지난번과 조금도 다르지 않아 보였다. 변함없이 안뜰에 면한 방에서 아직 난방이 들어오지 않

은 고타츠 앞에 앉아 있었고 모르는 사람을 대하듯 나를 맞았다. 여
행을 떠나기 전 전화에서 시가코가 말한 것처럼 어머니의 얼굴 피부
는 윤기가 흘렀고 말을 할 때에는 수줍은 듯이 보여서 노파라기보다
는 아가씨에 가까운 느낌을 풍겼다.

나는 고향 집에서 이틀을 묵었다. 둘째 날 밤에는 이층에서 내려
가 세면실로 통하는 복도를 걸어갔는데 세면실 쪽에서 걸어오던 어
머니와 마주쳤다. 잠옷 차림의 어머니는 역시 나이에 걸맞은 노파의
모습에 노파의 얼굴이었다.

“눈이 내리네요.”

어머니는 말했다. 눈 같은 건 내리지 않는다고 말하자, 잘못을 질
책당한 복잡한 표정을 짓더니 이번에는 목소리를 낮추어 중얼거리
듯이 또,

“눈이 내리네요.”

같은 말을 했다. 나는 어머니를 침실까지 모셔다드리고 방에는 들
어가지 않고 세면실 쪽으로 갔다. 눈이 내릴 리는 없는데. 세면실 창
문을 열어 밖을 바라보았다. 밖은 어두웠지만 하늘에서는 별이 보였
고 뒷마당 풀숲에서 떼 지어 우는 벌레 소리가 들려왔다.

나는 이층 방으로 돌아오는 도중에 어머니의 침실을 들여다보았

　　　　　　　　　　　　　　　　　　　　내 어머니의 연대기

다. 침상이 깔려 있었는데 어머니는 거기에 눕지 않고 낮처럼 고타츠 앞에 앉아 있었다. 9월 말이므로 잠옷 차림을 한 어머니는 추워 보이지는 않았지만, 나는 머리맡에 접힌 채로 놓여 있는 옷을 어머니 등에 걸쳐드리고 고타츠를 사이에 두고 마주 앉았다. 나는 당신이 무엇 때문에 착각을 일으켰는지 알아내려고 어머니 앞에 앉았는데, 내가 입을 열기 전에 어머니는 또 말했다.

"눈이 내리고 있네요, 사방이 온통 눈이야."

"눈이 오는 것 같아요?"

"눈이 오고 있는걸요."

"눈은 안 와요, 별이 떠 있는데."

그러자 어머니는 그럴 리가 없다는 표정으로 뭔가 말하려 했지만 마땅한 말이 떠오르지 않는지 입을 다물고 잠시 시간을 둔 후에, 마치 눈 내리는 소리라도 들으려고 귀를 기울이는 듯한 조용한 표정으로 말했다.

"봐요, 눈이 오고 있잖아."

나도 귀를 기울여보았다. 집 밖에서도 안에서도 아무 소리도 들리지 않았다. 시가코 부부는 자기들 방에 들어갔고 이미 11시를 한참 넘긴 시간이므로 이미 잠이 들었을 것 같았다. 어머니에게는 할아버지이고 나에게는 증조할아버지가 되는 기요시 할아버지가 옛날에 진료소를 열고 거주했던 이 고향 집은 그다지 넓지는 않았지만 밤이 되면 휑한 빈집 느낌이 들었다. 어머니는 언젠가 도쿄 집에서 그랬던 것처럼 상황 감각 속에서 살고 있는 것 같았다. 어머니와 빈 고타츠를 사이에 두고 마주 앉아 있으니 두 사람을 둘러싼 밤의 정적이 눈이라도 내리는 밤의 정적과 통하는 데가 있는 것도 같았다. 그건 그렇다 쳐도 어머니는 벌써 40년 이상을 눈 내리는 밤을 모르고 지내왔을 터였다. 아버지가 군의관으로 부임한 곳은 아사히카와, 가나자와, 히로사키 같은 눈의 고장이 많았는데, 아사히카와는 어머니가 스물두세 살 때의 부임지였고 가나자와와 히로사키는 아버지가 퇴역을 앞두었던 시기의 부임지였다. 아버지는 히로사키에서 퇴역하셨는데 그날 이후 40여 년의 세월이 흘렀다.

"히로사키에서 있었던 일 기억나요? 히로사키에서는 설날마다 눈이 내렸지."

내가 물어봤지만 어머니는 요령부득이라는 표정이었다. 가나자와의 경우도 마찬가지였다.

"그래, 눈이 왔지요."

어머니는 질문에 대답하지 못한 다음에 그런 말을 했는데 그냥

내 어머니의 연대기

말뿐이었다.

"할머니가 간 곳 중에서는 아사히카와란 곳이 제일 눈이 많이 내렸죠. 매일 밤 눈이 왔어."

"그랬나요, 눈이 왔다구요? 그런 일이 있었나."

어머니는 고개를 살짝 갸우뚱하면서 그런 일을 기억해내는 듯했는데 너무나 괴롭고 슬퍼 보였다. 어머니는 표정을 바꾸고 이렇게 말했다.

"다 잊어버렸어요. 노망이 들어서."

"괜찮아요, 기억이 안 나도."

나는 말했다. 기묘한 일이었지만 어머니가 옛날 일을 기억해내려는 표정과 고개를 기울이거나 얼굴을 숙이며 무릎 위로 시선을 떨구는 모습에는 참회라도 강요당하는 듯한 조심스러움과 측은함이 있었다. 어머니에게 옛날 일을 기억시킬 권리는 나에게 없다는 생각이 들었다. 어머니의 경우에 잃어버린 기억 속에서 무언가를 끌어내려는 것은 그야말로 눈이 내리는 얼어붙은 늪에서 나무 조각 뭉치 따위를 끌어내는 작업일지도 모른다. 괴롭고 슬픈 일일 것이다. 꺼내질 나무 조각 뭉치도 차가운 물방울을 떨어뜨리고 있으리라.

나는 어머니를 이불에 눕히고 침실을 나왔다. 그날 밤 이층 방의 침상에 몸을 눕히고, 어머니가 눈이 내리는 밤의 세계 속에서 살고 있는 것은 오늘 밤뿐만이 아닐지도 모른다고 생각했다. 어머니는 어제도 그제도 눈 내리는 소리를 듣고 귀 기울이면서 밤을 보내고 또 잠이 들었는지도 모른다. 나는 현재의 어머니 모습이 진정한 고독의 모습이 아닐까 생각했다. 지금은 인간세계의 애별리고에 마음이 움직이거나 타인의 죽음이나 부의금에 신경 쓰지도 않았다. 한때 격렬하게 어머니를 재촉했던 본능의 푸른 불꽃도 꺼졌다. 눈이 내리는 밤 속에서 살고 있지만 드라마를 구성하고 스스로 출연하기에는 심신이 모두 쇠약해져 있다. 교만한 소녀로 꾸며진 어린 날의 어머니로 돌아갔는지도 모르지만 이미 무대 조명은 꺼지고 두 아들도 두 딸도 잃어버렸다. 남매들과 친척들, 지인들, 친했던 이들도 모두 잃어버렸다. 잃은 것이 아니라 버린 것인지도 모른다. 어머니는 지금 어렸을 적 자라난 집에 혼자 살고 있다. 매일 밤 어머니 주위에는 눈이 내리고 있다. 지금은 잊어버린 오래전 젊은 날, 그 마음에 새겨진 하얀 눈의 표면만을 지켜보고 있다.

다음 날 나는 9시경에 일어나서 거실 의자에 앉아 늦은 아침을 먹었다. 어머니는 옆에 와서 소파에 앉아 정원 쪽에 시선을 보내고 있

  내 어머니의 연대기

었는데 가끔 내 쪽으로 고개를 돌렸다. 뭔가 얘기를 해야 한다고 생각하는 듯했는데, 무슨 얘기를 하면 좋을지 생각나지 않는 모습이었다.

"다음 달에 또 올게요."

나는 말했다.

"그래, 다음 달에."

어머니는 웃음을 보였는데 내가 누군지도, 다음 달에 온다는데 그게 언제인지도 모르는 듯했다.

10시쯤 차가 도착했다.

"자, 할머니도 건강하게 계셔요."

내가 말하자 어머니가 인사를 받았다.

"벌써 가세요?"

어머니는 현관까지 배웅해주었다. 바닥에 내려오려고 하는 걸 말리자,

"그럼, 여기까지."

그렇게 말하고는 현관에서 마루로 올라가는 귀틀 위에 서 있었다. 차를 탈 때, 어머니 쪽으로 시선을 보내자 어머니는 이쪽으로 얼굴을 향한 채 양손으로 옷깃을 여미고 있었다. 열심히 옷깃을 여미는

동작으로 보였다. 기모노가 흐트러진 것을 바로잡고 배웅하려 한 것이겠지. 이것이 내가 본 어머니의 마지막 모습이었다.

나와 구와코를 태운 차는 정오에 조금 못 미쳐 고향 집에 도착했다. 어머니의 침실이었던 방에는 친척과 이웃 몇 분이 탁자를 둘러싸고 앉아 있었다. 그 방과 안쪽 마루 사이의 장지문을 떼어내 안쪽 마루에는 이불이 깔려 있고 그 위에 어머니가 누워 있었다. 거기에도 친척이 서너 명 앉아 있었는데 나는 그쪽에 인사를 하고 곧 어머니의 시신 앞으로 갔다. 어머니는 인형처럼 예쁜 얼굴을 하고 있었다. 입이 조금 삐뚤어졌는데 젊은 시절 어머니가 잘난 척할 때 보이던 표정이었다. 얼굴을 만져보고 손을 만져보았다. 얼음처럼 차가웠다. 시가코가 다가와서는, 차갑죠? 좀 잡아드리면 금방 따뜻해져요, 라고 말했다. 나는 그 말대로 했다. 이쪽의 체온이 곧 어머니의 뼈와 가죽뿐인 손에 전해지는 것처럼 느껴졌다. 어머니의 손은 바랜 것처럼 하얗고 혈관이 푸르게 도드라져 보였다.

저녁에 2, 3리 떨어진 마을에서 젊은 승려가 와서 입관 전에 독경을 했다. 7시에 도쿄에서 미쯔와 큰딸이 왔다. 두 사람이 분향하는 것을 기다렸다가 어머니의 시신을 입관했다. 친척 여자들이 어머니에

   내 어머니의 연대기

게 하얀 장갑과 각반을 끼웠고 하얀 수의도 입혔다. 여든여덟 살 생신 때 축하연의 빨간 겉옷은 어색했지만 흰 수의는 잘 어울렸다. 저 세상으로 여행을 떠나는 데 적당한 늠름한 의상이었다. 시가코가 단도를 어머니의 품안에 넣어드렸다. 구와코와 미쯔, 그리고 손자들이 국화로 어머니의 얼굴을 감쌌다.

그날 밤, 밤새워 장례식이 치러졌다. 구와코의 딸과 사위의 얼굴도 보였다. 구와코의 사위는 젊은 정신과 의사로 근래 2년 정도 가끔 고향 집에 들러 어머니를 진찰해주었다. 어머니의 만년이 평온했던 까닭은 이 젊은 의사의 정성에 힘입은 바 크다고 생각했기에 나는 이 젊은 조카 부부 두 사람에게 돌아가신 어머니를 대신하여 감사의 말을 전했다.

젊은 의사는 열흘 정도 전에 어머니를 진찰했는데 그때는 이토록 위독한 상태는 예상하지 못했다면서 진단 결과 등을 설명하고 나서, "마지막에 할머니께 호되게 당했지요"라고 말하며 웃었다.

"진찰이 끝나고 나서 할머니 방에서 모두 차를 마시고 있었어요. 그러다가 할머니가 저를 보고 옆에 있던 처에게 저 사람은 누구냐고 물어보셨어요. 처가 지금 할머니를 진찰해준 의사 선생님이잖아요, 하고 대답했더니 할머니는 낮은 목소리로, 딱히 누군가에게 하는 말은 아닌 것처럼, 의사 선생님이라고 해도 다 같은 의사가 아니지, 라고 하셨어요. 깜짝 놀랐죠. 완전히 한 방 먹었다는 느낌이었다니까요.”

젊은 의사는 이렇게 말했다. 나는 그때 메마르고 한 줌밖에 안 되는 어머니 몸속에서 어머니다운 최후의 한 조각이 빨갛게 작은 불꽃을 일으키며 타오른 거라고 생각했다.

하루가 지난 24일, 나와 미쯔, 구와코와 시가코 부부 등은 다들 5시에 일어났다. 6시에 나는 어머니의 시신이 들어 있는 관 앞에 섰다. 가까운 가족들이 각자 관의 내부를 살펴보고 어머니와 마지막 작별을 하는 모습을 옆에서 지켜보았다. 어머니는 여전히 나이 어린 아가씨 같은 얼굴을 하고 있었다. 당당한 모습이었다. 나는 돌로 관 뚜껑에 못을 박았다. 영구차 버스에 관이 실리고 친척들과 이웃들 스무 명 정도가 그 버스에 올랐다. 차는 시모다(下田) 가도를 달려 슈젠지(修善寺)에서 가도를 빠져나와 오오미(大見) 강변 길로 들어가 화장터를 향했다. 작은 계곡은 단풍으로 뒤덮여 있었고 군데군데 늘어선 촌락들은 주위의 단풍 때문인지 촉촉히 젖은 것처럼 보였다.

화장터에 도착하자 스님의 독경이 있었고 독경이 끝나자 관은 곧 화장장의 가마 속으로 들어갔다. 나는 화장장 직원의 지시에 따라 등

     내 어머니의 연대기

유로 적신 천에 성냥으로 불을 붙였다. 순간, 빨간 불꽃이 화구 너머로 보이고 굉음이 일어났다.

2시간 정도 대합실에서 시간을 보냈다. 담당 직원인 노인이 부르러 와서 나는 대합실을 나가 2시간 전에 어머니의 관이 들어간 화장 가마 앞에 섰다. 그러자 노인이 뚜껑이 없는 큰 장방형 금속제 상자를 꺼냈다. 그 안에는 어머니의 뼈가 들어 있었다. 뼈의 파편마다 가족들이 거두는 부분과 타인이 거두는 부분이 정해져 있다는데, 노인은 그 조각들을 젓가락으로 골라서 나누어주었다. 우선 내가 거두고, 그다음에는 가족들이 차례차례 거둬서 흰 항아리에 넣었다. 남은 몇 개는 내가 수습했다. 항아리에 다 넣은 후에 노인은 철사로 십자 모양으로 묶어 백지로 싸서 흰 나무상자에 넣은 다음 금실로 수놓은 봉투를 씌웠다.

나는 그것을 들고 맨 나중에 영구차에 올랐다. 맨 뒤쪽 내 자리가 비어 있었다. 나는 거기에 앉아서 어머니의 뼈가 들어 있는 항아리를 무릎 위에 놓고 두 손으로 좌우에서 눌렀다. 그때 나는, 어머니는 길고 격렬한 전투를 혼자서 치르고 싸움이 다 끝난 뒤 몇 개의 뼛조각이 되어버렸다고 생각했다.

묘지와 새우감자

교토의 골동품상인 나라카와 가코(楢川花紅)로부터 높이 6센티미터, 가로세로 3센티미터의 고인(古印)이 손에 들어왔다는 연락이 왔다. 도장의 재질은 전황(田黃)으로, 반해버릴 만큼 좋은 물건이다. 가격은 30만 엔으로, 원한다면 판매할 수 있으니 조속히 연락을 주었으면 한다는 편지를 받은 게 10월 말이었다. 전황이 도장 재료로 사용되기 시작한 때는 청조라고 하니 고인이라고는 해도 아주 오래된 것은 아니었다. 하지만 골동품상이 이런 고인이 들어왔다는 사실을 굳이 나에게 알려온 이유는 도장 자체의 연대나 거기에 새겨진 문자 혹은 소장자 때문이 아니었다. 이유는 단 하나, 도장의 재료가 전황이기 때문이었다.

2, 3년 전 어느 여름에 나는 한 일본화가의 가루이자와 별장에서 나라카와 가코라는 60대 인물을 소개받은 적이 있다. 외모는 정확히 기억나지 않았다. 그때 딱 한 번 만났는데, 당시 좋은 전황이라면 갖고 싶다고 말한 것을 그쪽에서 직업상 정확히 기억해두었다가 소식을 전해온 것이다.

30만 엔 정도의 가격으로 작은 노란색 인재(印材)를 손에 넣는다면 괜찮을 것 같았다. 사실 이때까지 전황이라는 돌이 얼마나 값어치 있는지도 몰랐다. 이 전황이라는 돌은 청조 초기 광둥(廣東)의 수산(壽山) 산중에 있는 전답에서 발견되었다고 하는데 그후 오늘날에 이르기까지 진귀하게 취급되는 도장 재료이다. 당시에 도장 재료로 잘려 나온 작은 돌조각이 오늘날까지 사람들의 손을 타고 전해 내려오고 있으므로 당연히 인재 중에서는 다른 돌보다 값진 것이다.

내가 전황을 갖고 싶어 한 데 동기가 없는 것은 아니었다. 수년 전에 초청을 받아서 중국에 갔을 때 쑤저우(蘇州)에서 유명한 문인의 고택을 방문한 적이 있었다. 어두컴컴한 북향의 서재에 발을 들여놓는 순간 창가의 소박한 책상 위에 놓인 노란 돌 조각이 눈에 들어왔다. 세 개 한 세트로 작은 나무 상자에 들어 있는 도장이었다. 병영의 방 한 칸처럼 보이는 아무런 장식 없는 서재도 좋았지만 작은 창문에서 들어오는 광선을 듬뿍 흡수하고 있는 그 노란 돌도 좋았다. 그걸 바라보고 있노라니 내 마음이 흡수되어 버리는 듯해 침착해졌다. 그후 중국의 죽은 문인 흉내를 내려는 것은 아니지만 적당한 전황을 손에 넣으면 나도 책상 위에 놓아두고 싶다는 생각이 들었다. 도쿄에서도 두세 번 전황을 본 적이 있는데 너무 작아서 갖고 싶다는 마음은 들지 않았다.

가코의 편지를 받았을 때, 만약 전황이라고 해도 기껏해야 작은 돌 때문에 30만 엔이라는 돈을 써야 하나 싶어 주저하는 마음이 들었다. 마침 2, 3일 지났을 때 마치 전황을 사라는 듯 친척에게 빌려주었던 돈이 들어왔다. 별 생각 없이 기다리고 있지도 않았던 돈이 문득 들어오자 나는 전황을 구입하기로 마음을 정했다. 비싼지 싼지도 몰랐지만 골동품상이 제안해온 가격으로 사기로 했다.

결국 교토에는 가코에게 편지를 받은 지 한 달 정도 지난 후에 갔다. 일이 끊이지 않기도 했고 꼭 참석해야 하는 결혼식이며 모임이 있었던 탓에 머잖아 교토에 가겠다는 엽서 한 장을 보낸 채 뒤로 미루고 있었다.

2, 3일만 지나면 12월이 되는 어느 날, 나는 신칸센을 타고 저녁에 교토에 도착했다. 신칸센은 처음 타보았다. 노을이 물들기 시작한 세키가하라(關ヶ原) 부근의 단풍도 아름다웠고 향나무가 우거진 산의 모습도 지금까지 도카이도센(東海道線) 차창 밖으로 보던 풍경과는 달리 새로웠다. 열차는 다소 심하게 흔들렸지만 서리가 내리기 직전의 들판을 전력 질주하는 것처럼 상쾌했다. 상쾌했던 이유는 신칸센 때문만은 아니었을지도 모른다. 오랜만에 작은 돌을 사는 용무 외에는 아무런 의무도 없는 이번 교토 여행은 처음부터 마음이 가벼웠다.

교토에 도착하자 곧 거리 중앙에 있는 호텔로 들어갔다. 대학 시절을 이 거리에서 보냈고 기자 시절에도 여기서 오사카로 통근했기 때문에 교토는 사실 매우 익숙했다. 목욕을 하고서 대학 조교수인 친구에게 전화를 걸어 함께 저녁을 먹기로 약속했다.

친구와 통화를 마친 참인데 바로 도쿄에서 전화가 왔다. 수화기를 들자 인사도 건너뛰고 아내의 목소리가 들려왔다. 호텔 바로 근처에 니시키 시장(錦市場)이 있는데 거기서 가기토라라는 채소 가게를 찾아 새우감자를 사서 보내줄 수 없겠느냐는 용건이었다.

"새우감자?"

나는 기분이 나빠지려는 것을 참고 말했다. 아내 말에 따르면 마

                                                     내 어머니의 연대기

침 지금이 새우감자가 가장 맛있을 시기란다. 학창 시절에 한번 가본 적이 있는 니시키 시장의 좁은 골목이 수없이 교차하고 양쪽으로 크고 작은 가게가 빽빽이 늘어선 상황을 떠올리니 거기 들어가서 가기토라라는 채소 가게를 찾기는 쉽지 않을 듯했다. 아내도 장소를 확실히 모르는 모양인데 유명한 채소 가게니까 금방 알 수 있을 거라는 식으로 말했다.

결국 나는 그렇게 하기로 했다. 전황과 바꾸기 위해 나라카와 가코에게 지불할 30만 엔짜리 수표를 만들기 전에, 새우감자를 사는 일 정도는 해주어야 할지도 모른다는 생각이 들었다. 아내도 얼마간 그런 계산을 했는지도 모른다.

"도모코가 울고 있네."

전화선 너머로 생후 50일, 드디어 눈도 뜨이고 웃는 법도 배운 외손주의 울음소리가 들려왔다. 나에게는 첫 손주였고 다른 사람들도 자주 귀여우시죠, 하며 묻곤 했지만 나는 오히려 부정적인 대답을 하고 있었다. 나는 갑자기 우리 집에 나타난 작은 침입자에 대해 이 갓난아이가 성인이 될 때까지 살아 있어야 한다는 보호자의 책임감을 느끼지는 않았다. 그래서 갓난아이란 누구에게나 귀여운 존재임에 틀림없다고 여겨, 이를 손주와 할아버지라는 특수 관계로 단정지으려는 방문객의 의례적인 인사말이 불편했다. 하지만 전화선을 통해 갓난아이의 목소리가 들려오니 역시나 신경이 쓰였다. 울리기보다는 울리지 않는 편이 좋을 것이다.

다음 날 아침 10시에 호텔을 나왔다. 나라카와 가코의 집 근처로 여겨지는 곳에서 택시에서 내려 산책 삼아 좁은 골목을 두세 개 돌아 걸어갔다. 교토 지리는 대충 알고 있었지만 가코의 집 주변에는 발을 들여놓은 적이 없었다. 서민들이 사는 변두리라는 느낌을 주는 곳이었는데 다소 오래된 집들이 남아 있어서 걸으면서 기분이 좋았다.

나는 담배 가게에서 나라카와 가코의 집을 물었다, 그러자 가게 노파가 아, 고센도(古泉堂) 말입니까, 거기도 참 갑자기 이런 일을 당해서, 라는 말을 했다. 무슨 말인지 물어보니 그저께 가게 주인인 나라카와 가코가 죽었고 오늘이 장례가 치러지는 날이라는 것이었다.

나는 천천히 담배를 꺼내 입에 물었다. 만나러 가려는 인물이 고인이 되었고, 게다가 오늘이 장례를 치르는 날이라니……. 어찌되었든 나는 고센도로 가보기로 했다. 담배 가게에서 두세 집을 지나 왼쪽으로 돌아 두 번째 주택이 고센도였는데 골동품점으로 보이지는 않았다. 현관에는 상중이라고 적힌 종이가 붙어 있고 이웃 주민들인 듯한 남녀가 몇 사람 들락날락하고 있었다. 현관을 들어서자 분향소

내 어머니의 연대기

를 만들고 있는 장의사 직원으로 보이는 젊은이의 모습이 보였다.

지금까지 내가 걸어온 골목은 자동차의 왕래가 없어서 조용했는데 고센도 앞길은 다소 넓은 편이어서 대로변을 피한 차들의 통로라도 되는지 끊임없이 트럭이며 택시들이 지나다녔다.

나는 이제 막 만들어진 분향소에 향을 올리고 가코의 장남이라는 30대 청년을 만나 위로의 말을 전했다. 그리고 어떤 경위로 쿄토에 오게 되었는지를 설명했다.

"그러십니까, 그런 일이 있으셨군요. 가게는 아버지가 혼자 하시고 저는 다른 곳에서 근무하고 있기 때문에 가게 일은 전혀 모릅니다. 삼칠일이라도 지나면 그 뭐라고 하신 돌을 찾아보지요. 아버지는 만년에 중요한 물건들을 전부 어딘가에 숨겨버리곤 했기 때문에 찾기 힘들지도 모르겠습니다."

그의 아들이 말했다. 이 집 아들과 말하고 있는데 가코의 아내가 들어왔다. 이번 일은 갑자기 닥친 상으로 제정신이 아니라기보다는 차라리 장례 준비에 지쳐서 넋이 나간 모습이었다.

"저희 바깥양반은 최근 반년 정도는 완전히 치매 상태였답니다. 무슨 말씀을 드렸는지 모르지만 그다지 믿지 않으시는 게 좋을 것 같네요."

부인은 그런 말을 하고는 어떤 용건으로 누군가에 이끌려 다른 곳으로 가버렸다. 나는 이목구비가 단정해서 배우를 해도 좋을 듯한 가코의 아들에게, 출관 때 이웃 사람들과 함께 여기서 관을 배웅하겠다 말하고는 거길 나왔다. 나는 나라야마 가코와는 한 번밖에 만난 적이 없었지만 어쨌든 그의 죽음을 모른 채 장례식 날 찾아오게 되었고 이런 일은 모종의 인연이 관계할 터이므로 고인의 관에 마지막 작별만은 하고 싶었다.

출관이 2시라고 하니 3시간 정도의 여유가 있었다. 나는 전황은 아예 포기했다. 가코가 치매였건 아니었건 그가 알려온 전황이 고센도의 집에 있는지조차 확실치 않았고, 그 문제와는 별개로 더 이상 전황은 내 손에 들어오지 않을 것 같았다. 그의 아들 말로는 만년의 가코는 귀중한 것은 뭐든지 사람들이 눈치채지 못하는 곳에 숨겨버리는 버릇이 있었기에 작은 노란 돌이 어디에 있는지 찾기란 쉬운 일이 아닐 듯했다.

나는 아까 지나온 골목을 거쳐 길가로 나와 택시를 잡았다. 기차 차창에서 본 단풍이 아름다웠으므로 택시 기사에게 시내에서 단풍을 볼 수 있는 곳으로 가자고 말했다. 출관까지 남은 3시간 정도에 교외로 나가기란 무리였다.

    내 어머니의 연대기

차는 에이칸도(永觀堂)에 갔다가 난젠지(南禪寺)로 향했다. 에이칸도의 낙엽은 아름다웠다. 연못 주위에 단풍나무가 많았는데 모두 붉게 물들어 있었다. 시기가 늦었기 때문에 타는 듯한 붉은색은 아니었고 조금 어두운 붉은색이었는데 그런 대로 아름다웠다. 난젠지의 단풍은 거의 떨어져버려서 붉은 잎을 달고 있는 나무는 손에 꼽을 정도였다. 에이칸도와 난젠지는 차로 5분밖에 걸리지 않는 거리였지만 단풍잎이 나무에서 떨어지는 정도가 달랐다. 에이칸도에는 가을이 아직 매달려 있었지만 난젠지 나무들의 풍모는 완전히 겨울이었다.

난젠지를 나오자 차는 지온인(知恩院)으로 향했다. 여기에는 단풍을 보기 위해서가 아니라 금년 가을 이곳 묘지에 모셔진 사토 하루오(佐藤春夫) 선생의 묘를 찾기 위해서 온 것이다. 내가 지온인 사무소 앞에 차를 내려서 사무실에 용건을 전하자 젊은 승려가 안내를 해주었는데, 복도의 마루를 밟을 때마다 휘파람새 울음소리가 났다. 복도가 끝난 곳에서 마당으로 내려가 비탈을 따라 묘지로 가는 언덕길을 올라갔다. 길에는 낙엽이 깔려 있고 나무들 사이로 새어나오는 햇살이 조용히 떨어지고 있었다. 선생의 유골이 여기 묻힌 것은 9월 말로, 나도 장례식에 참석하기 위해 도쿄에서 찾아왔었다. 이 언덕을 올라갈 때는 온몸에서 땀이 솟았으나 지금은 가벼운 외투라도 걸치고 싶을 정도로 쌀쌀했다.

선생의 묘지 역시 낙엽에 덮여 있었다. 같은 묘소에는 도쿠가와 이에야스의 손녀이자 도요토미 히데요시의 외아들 히데요리의 부인이던 센히메의 묘와 역대 주지 스님들의 묘석도 있었는데, 언덕 비탈길의 조용히 타오르는 듯한 빨간 단풍이 묘소 위를 덮고 있었다. 에이칸도보다 이곳 단풍이 한층 더 긴 생명력을 지닌 것처럼 느껴졌다.

지온인을 나왔을 때, 마루야마 공원을 끼고 지온인 근처에 있는 히가시혼간지(東本願寺)의 친척 가족묘에 둘째 딸 가요가 잠들어 있다는 생각이 났다. 호적에는 그렇게 기재되어 있으니 나의 둘째 딸임은 틀림없지만 가요는 고베에 있는 병원에서 태어났고, 태어났다고는 해도 눈도 뜨지 못한 채 이레 만에 숨을 거두었다. 원래 조산으로 발육이 좋지 않았고 의사도 무사히 자라기는 어려울 거라고 말했지만, 그래도 고무로 된 작은 난방용 물주머니에 작은 몸이 둘러싸인 채 7일간을 살아 있었다. 숨을 거둔 날이 이름을 지어주는 7일째 날이었기 때문에 죽은 후에 가요라는 이름을 붙였다. 이 아기는 나와 아내 두 사람 이외의 사람들에게는 살아 있었다는 흔적을 전혀 남기지 않았다. 누구도 이 아이가 어떤 얼굴이었는지 어떤 아기였는지 알지 못했다. 가요가 죽은 것은 1938년 10월이었다.

나는 죽은 아기를 작은 배내옷에 감싸서 밤늦게 교토 행 전철을 탔다. 죽은 아기를 안고 전철을 타는 것은 법률상 금지되어 있었지만 나는 살아 있는 아기와 죽은 아기 사이에서 어떤 차이도 느낄 수 없었다. 호흡을 하느냐 안 하느냐만이 다른 점이었다. 그것 말고는 얼굴을 들여다보거나 양팔로 안아보아도 똑같은 모습, 똑같은 감촉이었다. 전철을 탄 이유는 고베에서 교토까지 차비를 절약해야 하는 시기이기도 했지만 반드시 그 때문만은 아니었다. 나 자신이 이제 겨우 서른 살이라는 젊은 나이였고, 지금 막 세상을 떠난 갓난아기를 안고 있었으므로 전철로 데려가도 아무 문제 없을 거라는 기분에 사로잡혔다.

고베에서 교토에 이르는 2시간 동안 나는 솜 보따리라도 안고 있는 듯한 가벼움을 양손에 느끼면서 출입문 가까운 쪽에 계속 서 있었다. 차내에서 두 번 정도 승객이 내가 안고 있는 아기의 얼굴을 들여다보려고 했다. 그때마다 나는 가슴이 철렁했다. 밉살스런 짓을 하는 녀석이라는 기분이었다. 오사카를 지날 무렵부터 나는 승객의 시선이 내 쪽으로 다소 부자연스럽게 자꾸 쏠리고 있음을 느꼈다. 젊은 남자가 혼자서 갓난아이를 안고 있으니 사람들의 눈길을 끌 만도 했지만 당시의 나는 그렇게 생각하지 않았다.

교토 역에 내렸을 때 플랫폼에서 한 중년 여성이 노골적으로 이쪽으로 부딪히듯 다가와 내 팔에 안긴 아기를 들여다보려고 했다. 나는 증오심 어린 눈빛으로 상대를 노려보았다. 하차한 후에는 도망치듯 개찰구를 나왔고 택시를 타고서야 비로소 안도했다.

교토의 처가에서 그 작은 몸에 어울리는 조촐한 장례식이 치러졌다. 그리고 나와 장모님과 히가시혼간지의 젊은 스님이 다다음날 화장장으로 데려갔다. 장모님의 친정 가족묘가 히가시혼간지 묘소에 있었기 때문이다. 가요의 뼛조각이 들어 있는 작은 항아리는 묘지의 돌로 둘러싸인 작은 지하실 내부에 안치되었다.

나는 그토록 짧은 생애를 보낸 가요의 유골이 있는 친척 묘를 찾으려 했는데 나라카와 가코의 출관 시각이 어느새 가까워져 있었다. 가요의 묘는 내일 찾기로 하고 곧 차를 타고 고센도로 향했다.

고센도에 돌아오자 마침 관이 집을 나서려 하고 있었다. 고센도 옆 골목에 늘어서 있었던 장의차와 유족들의 차 네다섯 대 정도가 차들이 많이 다니는 집 앞 도로로 빠져나가려 몇 번이나 후진을 하고 있었다. 이웃 사람들이 양쪽에 서서 관이 떠나는 것을 바라보고 있었다. 나도 그 사람들의 무리에 섞여 있었다.

영구차가 겨우 커다란 차체를 움직여 큰길로 나왔을 때 배웅하던

　　　　　　　　　　　　　　　　　　내 어머니의 연대기

사람들 속에서 상복을 입은 여자들이 흐느끼는 울음소리가 들려왔
다. 나는 깊이 머리 숙여 작별인사를 하고 영구차가 다시 건너편 모
퉁이를 돌아갈 때까지 지켜보았다. 유족들의 차가 출발하자 모여 있
던 사람들은 흩어졌다. 나도 차가 기다리고 있는 장소로 돌아왔다.

"장례식 시간에 늦지 않아서 다행이네요."

기사가 이렇게 말했다. 출관은 2시였는데 무슨 이유인지 20분
정도 빨리 치러져서 가요의 묘를 찾아보고 있었다면 늦었을 것이다.

차는 니시키 시장으로 향했다. 시장 안으로는 차가 들어갈 수 없
었기 때문에 입구에서 차를 내렸다. 나는 새우감자를 사기 위해 가
기토라라는 채소 가게를 찾았다. 하지만 어느 가게에 물어보아도 가
기토라라는 채소 가게를 알지 못했다.

가기토라를 몰라 답답했지만 시장 안을 걸으니 생각보다 싫지 않
았다. 채소 가게는 채소 가게, 생선 가게는 생선 가게, 과일 가게는
과일 가게라는 식으로 대체로 같은 업종의 가게가 모여서 한 구획
을 이루고 있는 듯했는데 꼭 그런 것만도 아니었다. 생선 가게 구역
에 채소 가게가 있기도 하고 건어물 가게도 섞여 있었다. 그래서 가
기토라를 찾는 것은 끝없이 펼쳐진 넓은 시장을 전부 돌아봐야 하는
일이었다. 나는 사람과 삼륜차가 정신없이 돌아다니는 시장 안을 걸

었다. 여기는 죽은 자와는 무관한 곳이었다. 여기 있는 것은 전부 인간이 살아가기 위해 필요한 식량이었다. 과일 가게의 진열대에는 미리 약속이라도 한 것처럼 귤 상자가 쌓여 있었고 채소 가게에는 각종 채소가 터질 듯이 가득했다.

나는 한 채소 가게에서 새우감자가 무엇인지 물어보았다. 뚱뚱한 여주인이 가리킨 것은 그때까지 내가 숱하게 본 것이었다. 나는 새우감자라는 이름은 전혀 어울리지 않는다고 생각했다. 큰 것은 코뿔소 같은 동물의 뿔과 비슷했고 작은 것은 양파와 비슷했다. 새우하고는 전혀 닮지 않았다.

나는 결국 가기토라 찾기를 포기하고 니시키 시장을 20분 정도 어슬렁거린 끝에 아주 깨끗한 느낌을 주는 큰길로 빠져나왔다. 거기서 택시를 타고 호텔로 돌아갔다. 호텔 프런트에서 방 열쇠를 건네받으면서 도쿄의 집에서 두 번 전화가 왔다는 내용이 적힌 종이를 받았다.

나는 5층에 있는 방으로 돌아와서 바로 도쿄의 집에 전화를 했다.

"시장에는 가봤어요?"

아내의 목소리가 들려왔다. 시장에는 갔는데 가기토라를 못 찾았다고 말하자, 아내는 가기토라가 아니라 가기마사일지도 모른다

   내 어머니의 연대기

는 거였다.

"혹시 가기토라도 가기마사도 없을 땐 커 보이는 채소 가게라
면 대체로 믿을 만하니 거기서 사세요. 사는 김에 새우감자 말고
도 쇼고인(聖護院) 순무하고 쇼고인 무, 그리고 교나(京菜: 겨잣과
의 채소)도요."

나는 아내가 끝까지 말을 못하도록 중간에 끊고 말했다.

"편지를 보냈던 골동품점 주인이 돌아가셔서 오늘이 장례식이야.
지금 거기에 다녀왔어. 전황을 구할 수 있는 상황이 아니야."

"어머나."

아내는 역시나 놀란 듯했고 장례식에 다녀오길 잘했다는 등의 얘
기를 했는데 그러다가 다시 새우감자와 쇼고인 순무 얘기로 돌아가
조만간 집에 모실 손님을 위해서라도 꼭 준비하고 싶다고 말했다. 실
제로 이번에 도쿄에 돌아가면 신경을 써서 모셔야 할 중요한 손님을
저녁식사에 초대하기로 되어 있었다. 그 손님을 위해 지금이 제철이
라는 교토산 채소를 준비하면 정말 좋을 듯했다.

나는 내일 한 번 더 시장에 가서 규모가 커 보이는 채소 가게에
서 아내가 말한 몇 종류 채소를 도쿄에 보내야겠다고 생각했다. 채
소 이야기가 끝나고 전화를 끊으려 하자 갑자기 아내 대신 큰딸이

전화를 받아서는,

"도모코가 인사 드리겠쪄요"라며 아이 목소리를 흉내 내서 말하더니 이번에는 금세 아기를 달래는 목소리로 변했다. 그리고 "응, 응" 하는 아기 소리가 들려왔다. 분명 엄마가 구슬려서 할 수 없이 내는 소리인 것도 같았지만, 수화기를 통해 소리가 들려오므로 아기가 이쪽을 향해 말을 걸고 있는 것으로 치고 전화를 받을 수밖에 없었다.

"착하구나, 빨리 코오 자야지."

나는 이렇게 말했다. 옹알이 소리를 내며 아마도 발음 연습을 하고 있을 아기의 젖내 나는 통통한 얼굴이 떠올라 나는 아이 얼굴에 대답을 하고 있는 기분이 들었다.

수화기를 내려놓았을 때 나는 문득 가요를 떠올렸다. 손녀 도모코는 행복하지만 내 아이 가요는 불행했다. 한 달만 더 살았더라도 도모코처럼 옹알이 소리를 냈을 텐데, 눈을 뜨지도 못한 채 세상을 떠버리고 젊은 아빠에게 안겨서 전철을 타고 교토까지 실려가 지금은 친척 묘지에 잠들어 있다.

나는 방금 전까지도 생각한 적이 없었지만, 가요의 유골 항아리를 친척 묘에서 꺼내 외할머니, 외할아버지의 묘로 옮겨주어야 하는 게

　　　　　　　　　　　　　　　　　내 어머니의 연대기

아닐까 싶었다. 가요가 죽었을 때 외할아버지도 외할머니도 살아 계셔서 묘지가 없었으므로 친척 묘에 들어가게 된 것이었다. 지금은 두 분 다 고인이 되어 호넨인(法然院)의 묘지에 잠들어 계신다.

나는 다시 호텔을 나와서 택시를 타고 장인, 장모님의 묘를 찾기 위해 호넨인으로 향했다. 이곳에는 교토에 올 때마다 찾아갔기 때문에 이번에는 건너뛸까 했지만 가요 생각이 난 김에 이 묘가 가요의 유골 항아리를 넣을 수 있게 만들어졌는지 확인해보고 싶어진 것이다.

호넨인 또한 뒷산의 단풍이 장관이었다. 다른 곳의 단풍과는 달리 빨간색이 없이 어디를 보아도 다갈색 일색이었는데 화려하지는 않지만 고즈넉한 아름다움이 있었다.

나는 전에 장인, 장모님의 장례식과 제사로 몇 차례 만난 적이 있는 주지 스님의 안내로 처가의 묘지로 발길을 옮겼다. 호넨인의 묘지는 뒷산의 사면과 산기슭 두 군데에 있었다. 우리가 간 곳은 산기슭 묘지로, 뒤편으로는 단풍이 든 산을 등지고 있었는데 전방은 탁 트여서 거리의 일부를 조망할 수 있는 볕 좋은 장소였다. 일본의 묘지로는 드물게 어두운 분위기가 없고 여기 잠들어 있는 사람들은 느긋하고 자유로울 것처럼 보였다. 나는 간격을 상당히 넓게 배치한 묘소와 묘소 사이를 주지 스님과 나란히 걸었다. 안내자는 이 묘는 누구 것이고 이 묘는 누구 것이라며 하나하나 설명하면서 지금은 고인이 된 사람들의 생전 이야기를 했다. 대부분 대학 관계자들의 묘로 내가 얼굴을 아는 학자의 묘도 있었고 이름만 아는 사람의 묘도 있었다.

나는 가요의 유골이 든 항아리를 처가의 묘에 넣는 것을 주지 스님께 의논해보려 했는데 도중에 마음이 바뀌었다. 주지 스님과 천천히 묘지를 걷고 있는 사이에 앞으로 가요가 들어갈 묘를 이 밝고 아름다운 장소에 만드는 게 좋겠다는 생각을 하게 된 것이다.

나는 여기에 새로 묘지를 만들 수 있는지 물어보았다. 얼핏 보기에 이 묘지에는 빈자리가 없는 것 같았다. 그러자 안내자는 나를 동남쪽 구석으로 데려가서 이 주변은 어떻습니까, 여기를 새로 정비하면 좋은 묘지가 되겠지요, 하고 말했다. 잡초가 우거진 장소였지만 그의 말처럼 잡초를 정리하고 바닥을 새로 정비하면 좋은 묘지가 될 것 같았다. 나는 그 잡초들 속에 서서 잠시 뒷산 단풍을 바라보았다. 어딘가에서 새 우는 소리가 들려왔고 너무나 조용했다.

나는 묘지 가격을 물어보았다. 주지 스님은 묘지의 넓이는 세 평이 적당할 거라고 했다. 세 평이라고는 해도 묘지 계산법으로는 열두 평이며 묘지 한 평이 얼마니까 열두 평이면 얼마가 된다는 말을 했

　　　　　　　　　　　　　　　　　　내 어머니의 연대기

다. 세 평이 전황 가격보다 조금 쌌다. 나는 그곳을 사기로 하고, 대금은 지금 드릴 수도 있다고 말했다. 나는 나라카와 가코에게 건네려 했던 수표를 윗옷 주머니에 넣어두고 있었다.

"그리 서두르실 필요 없습니다. 한참 뒤에나 사용하실 텐데요."

주지 스님은 웃으며 말했다.

호넨인을 나와서 나는 예전부터 유명한 난젠지 근처에 있는 요릿집으로 향했다. 점심을 먹지 않았기 때문에 배가 고팠다. 작은 연못에 면한 다도용 건물 같은 느낌을 풍기는 곳이었다. 나는 전부터 안면이 있는 여종업원의 서비스를 받으면서 작은 술병을 두 병 비웠다. 종업원이 몇 번째인가 방에 들어왔을 때, 니시키 시장에서 새우감자와 쇼고인 무와 쇼고인 순무, 그리고 교나를 사고 싶은데 어느 채소 가게에서 사면 좋을지 물었다. 그러자, 그러시다면 도라마사라는 채소 가게가 가장 좋은데 매일 그 가게에서 사람이 오니까 도쿄의 댁으로 채소들을 좀 보내달라고 부탁할 수 있다고 말했다. 가기토라(カギトラ)도 가기마사(カギマサ)도 아닌 도라마사(トラマサ)였으니 생각해보면 우스운 일이었지만, 생각하기에 따라서는 화가 나는 일이기도 했다. 나는 주머니에서 메모장을 꺼내 친한 사람들의 주소를

찾아 도쿄의 자택 이외에 그곳에도 새우감자와 무, 순무, 교나 등을 보내도록 부탁했다. 보낼 곳을 차례차례 적어보니 열 곳이 되었다.

그날 밤, 나는 10시에 호텔로 돌아와서 도쿄 집에 전화를 걸었다. 마침 그때 놀러와 있던 친척 아가씨가 전화를 받아, 아내와 큰딸은 둘이서 함께 도모코를 목욕시키고 있는 중이라고 전해주었다.

"지금 정말 야단법석이에요."

그녀는 이렇게 말했다. 정말 한참 소란스러울 것이라고 생각했다. 그런데 10시가 되어 아기를 목욕시키다니 사리분별이 없는 게 아닌가 하는 생각이 들었다. 잠시 지나자 아내가 전화를 받았는데 나는 그 이야기는 하지 않았다. 10시가 되어 아기를 목욕시키면 안 된다는 주장은 근거가 다소 약한 듯했다.

나는 아내에게 채소를 보냈다고 말하고,

"묘지를 샀어. 묘지와 새우감자를 합하니 전황 값하고 같은 30만 엔이었어"라고 말했다.

"묘지라구요? 묘지라면 그…… 무덤 말이에요?"

내가 그렇다고 대답하자 아내는 찜찜한 것을 샀다고 생각했는지 잠시 수화기 저편에서는 아무 소리도 들리지 않았다. 도모코의 울음소리만이 그걸 달래는 젊은 어머니의 목소리에 섞여 들려왔다. 수

　　　　　　　　　　　　내 어머니의 연대기

화기를 통해서 듣는 갓난아기의 울음소리는 무척이나 화사할 뿐 아
니라 앞으로 긴 인생을 살아갈 에너지를 분출하는 듯한 풍요로움을
띠었다.

처량함의 미와 슬픔

마쓰바라 신이치(松原新一)

문예평론가. 현재 구루메(久留米) 대학 객원교수.
저서로『침묵의 사상』(1966),『오에 겐자부로의 세계』(1967),
『전향의 논리』(1970),『환영의 코뮨』(2001) 등이 있다.

『내 어머니의 연대기』삼부작은 다음 순서로 발표되었다. 「꽃나무 아래에서」(『군상(群像)』 1964년 6월), 「달빛」(『군상』 1969년 8월), 「설면(雪面)」(『군상』 1974년 5월).

이노우에 씨는 이 작품들에 대해 스스로 '수필도 소설도 아닌 형식'이라고 말하고 있다. 수필이라고 하기에는 어머니의 노년을 응시한다는 테마의 절실한 무게감과 어울리지 않고, 사소설 전통이 있는 일본에서라면 소설이라고 불러도 괜찮을 것도 같다. 하지만 주로 허구의 이야기를 집필하여 작가의 본령을 발휘해온 이노우에 씨로서는 사실을 제재로 한 작품을 소설이라고 부르기에는 부끄러움과 망설임이 작용했는지도 모른다. 여기에 이노우에 야스시라는 작가의 문학에 대한 겸허한 자세가 잘 나타나 있다.

아니, 겸허한 것은 문학에 대해서뿐만이 아니다. 그는 인간의 조건 자체에 대해 겸허하다. 생로병사의 사고(四苦)에 대해서도 제행무상에 대해서도 우리들은 알고 있다. 하지만 알고 있다는 것과 그것을 절감하고 받아들이는 것은 또 다른 일이다. 사람은 누구나 늙어가고 또 죽어간다. 사실 누구나 동의할 수 있는 이야기이다. 그와 동시에 평범한 우리들 개인은 낙천적으로 현재에 몸을 맡기고 '아직' 생의 단계에 멈추어 있다. 병도 노년도 죽음도 저편에 있는 타자(他者)인 한, 건강한 생자(生者)는 항상 어느 정도는 교만함에서 벗어날 수 없다.

「꽃나무 아래에서」의 서두에 80살로 죽은 아버지의 인생을 화자인 '나'가 회상하는 부분이 있다.

살아 계셨던 아버지가 죽음으로부터 나를 보호하는 역할을 해주고 있었음을 나중에야 알게 되었다. 아버지가 살아 계셨을 때 나는, 아버지도 아직 살아 계시는데 뭘, 하고 생각했다. 물론 의식하진 않았지만 그런 기분이 마음속에 잠재해 있었기에 자

　　　　　　　　　　　　　내 어머니의 연대기

신의 죽음은 생각해본 적이 없었다. 그런데 아버지가 돌아
가시고 나자, 갑자기 죽음과 나 사이를 가로막고 있던 막이
사라지고 시야가 트이면서 어쩔 수 없이 죽음이라는 해면
(海面)의 일부를 바라볼 수밖에 없게 되었다. 다음은 나라는 기
분이 들었다. 아버지가 돌아가시고 나서 처음으로 알게 된 일
이었다. 아버지가 살아 계시다는 것만으로 자식인 나는 아버지
로부터 든든하게 보호받고 있었던 것이다.

예전에 이 작품을 읽었을 때 '죽음'과 '나' 사이를 가로막고 있던
것이 사라지면서 시야가 트이기 시작하는 듯한 감각에 놀란 기억
이 난다. 그렇구나, 살아 있으면 사람은 언젠가는 그런 때를 맞이하
게 되는 것이구나 하고 생각했고, 내게도 다가올 그 순간을 상상하
고는 문득 아찔해졌다. 그것이 아직 먼 일이 아니며 그쪽과 잘 통하
는 곳에 서 있는 나 자신의 불안감과 적막함을 상상할 수밖에 없었
기 때문이다.

자신의 '죽음'은 누구나 직접 알 수는 없다. 타인의 죽음을 매개로
몇 년 혹은 몇 십 년 후에 나도 저렇게 죽어갈 것이라고 자신의 종말
을 그려본다. 죽음이란 바로 요시모토 다카아키가 말하는 '매개적 지

식'이다. 젊은이들에게는 '죽음' 또한 그런 것이다.

나는 앞에서 이야기한 삼부작의 '나'를 화자라고 불렀다. 사소설의 '나'는 보통 화자임과 동시에 작품의 주인공이기도 하다. 「꽃나무 아래에서」, 「달빛」, 「설면」은 모두 작품 속의 '나'가 주인공이다.

많은 사소설들이 '나＝주인공＝화자'라는 의미에서 '주인공' 위치에 있는 것은 아니다. 주인공은 어디까지나 노쇠와 함께 서서히 죽음의 언덕길을 내려가는 '어머니'이다. '나'는 여든 살의 어머니, 여든다섯의 어머니, 여든아홉 살이 된 어머니의 노년에 드러나는 언동의 세부를 냉정하게 응시하고 고찰하는 사람이면서 화자이다. 작자인 '나'가 자신이 주인공인 양 행동하는 일은 결코 없다.

뛰어난 스토리텔러라는 것은 이노우에 씨에 대한 정형화된 평가라 할 수 있다. 이는 물론 그의 재능의 특질이기도 하며, 소설을 쓴다면 '가공(架空)의 내용이 좋다'(「나의 문학의 궤적」)는 소설관에 의한 것이리라.

자신을 직접 나르시스틱하게 작품에 밀어넣는 방식은 아마도 이노우에 씨의 소설 미학에는 들어맞지 않을 것이다. 그래서 이 삼부작처럼 사실을 충실하게 다룬 사소설의 경우에도 '나'의 화법은 항상 겸허하면서도 자제력 있는 평정을 잃지 않는다. 예를 들면 「달빛」

                              내 어머니의 연대기

속의 이 대목이 그러할 것이다.

　2년쯤 전에 나는 어머니 꿈을 꾼 적이 있다. 장소는 확실치 않았다. 고향 집 앞 길 같기도 한 곳에서 어머니는 두 손을 휘저으며 누군가 빨리 도와달라며 비명을 지르고 있었다. 바람이 불어오는 곳으로 휩쓸려 가면서도 필사적으로 저항하고 있었다. 그런 꿈을 꾸고부터 어머니의 거동은 어딘가 묘하게 둥실둥실해 보여 바람이 세게 불기라도 하면 어딘가로 끌려가버릴 듯한 위태로움을 느꼈다. 그후 나는 어머니의 가뿐한 자태에서 어떤 허무를 예감했다. 내가 무심코 그런 이야기를 하자,

　"그런 허무 정도만 느끼게 하는 할머니라면 얼마나 좋을까" 라고 바로 밑 여동생인 시가코가 말했다.

　"저기, 일주일 동안, 아니 사흘만이라도 좋아. 할머니하고 같이 생활해보라구. 덧없다는 기분 따윈 느낄 여유도 없어질 테니까. 도대체 이를 어쩌나 하는 생각이 들 뿐이야. 막막하고 슬퍼져서 할머니랑 같이 죽고 싶어져."

　여동생이 이렇게까지 말하자 나도 다른 형제들도 그래 얼마나 힘들겠니, 라고 말할 수밖에 없었다. 무심코 입에서 나오는

대로 구경꾼 심사를 드러낸 것이 후회스러워 더는 여동생 기분
이 상하지 않도록 다른 화제로 넘어갈 수밖에 없었다.

　여든다섯의 고령으로 이미 '고장나기' 시작한 어머니의 일상과
현실을 매일 보고 있는 여동생의 입장을 배려하는 것은 당연한 지혜
라고 해버리면 그뿐이겠지만, '나'가 자신의 감정에 빠지는 것을 주
의 깊게 제어할 수 있는 억제력을 가졌다는 사실은 이 인용문을 읽
는 것만으로도 명확해질 것이다. 원래 작은 체구였던 어머니가 노쇠
한 몸에서 살이 빠지고 결국에는 작고 앙상한 '마른 잎의 가벼움'을
보이자 '덧없음'을 느끼는 것도, '이제 더 이상 어디로도 갈 곳이 없
는 육체라는 것의 어떤 도달점'이라는 발견과 함께 애절하다. 그러
나 '나'는 삼일간이라도 함께 살아보면 '덧없음'이라는 감개에 빠져
있을 여유는 없어질 것이라는 여동생의 일상적인 리얼리즘에 접하
면, 자신의 말을 '무심코' 흘러나온 말실수로 간주해 곧바로 마음속
깊은 곳에 다시 넣어버릴 수 있는 것이다.
　육체는 병들고 두뇌는 치매 증상을 보이는 나이 든 부모를 돌보는
가족의 고통은 오늘날 고령화사회의 중대 문제이나 우리는 주위에
서 가족간의 비극적인 갈등이나 다툼에 관한 이야기를 흔히 듣는다.

 　　　　　　　　　　　　　　　　　　　　　　내 어머니의 연대기

그런 의미에서 『내 어머니의 연대기』에는 나이 든 어머니를 모시는 가족 간에 누가 어머니를 모실 것인가를 둘러싼 다툼 같은 상황은 나타나 있지 않다. 그것은 '나'를 포함하여 여기에 등장하는 이들의 인간적인 겸양이라는 미덕 덕분이라 할 수 있을 것이다.

밤중에 일어나 회중전등을 손에 들고 조용히 잠든 가족의 방에 들어가는 어머니의 배회가 화제가 되는 부분이 있다(「설면」). 그 심야의 배회에 대해 '자식이 되어 어머니를 찾는 것인지 어머니로서 자식을 찾는 것인지' 등의 다양한 해석이 나오는데, 막내 여동생 구와코가 '나는 아무래도, 저기 말이야, 할머니의 영혼이 몸에서 빠져나와 어정어정 걸어다니는 거라고밖에 생각이 안 돼. (……) 어정어정 돌아다닌다고는 해도, 바람에 날려 어디론가 흘러가는게 아니라, 역시 뭔가가 할머니를 움직이고 있는 듯해요. 할머니 자신은 모르지만 다른 무언가가 할머니를 조종하고 있는……'이라고 말한다. 언니 시가코가 '그런 무서운 얘긴 하지 마'라고 하자 그렇게 해석했던 구와코도 곧 그에 대해 '이제 그만해요. 이런 얘길 하고 있으면 왠지 슬퍼져. 할머니가 불쌍해져'라고 말한다. '모두 구와코와 같은 기분이었던 듯, 어머니 얘기는 이걸로 끝났다.'

물론 치매에 걸린 사람 자체가 '불쌍하다'고 말할 수도 있지만, 여

기서 구와코가 '할머니가 불쌍해져'라고 말하고 모두 같은 기분으로
더 이상 어머니에 대한 얘기를 그만둔 데에는 좀 더 깊은 의미가 있
을 것이다. 사람이 늙어서 언동에 불가해한 점이 나타난다는 것은 주
위 사람들에게는 불편한 기분이 드는 일이다. 우리의 인간 이해 유형
에서 크게 벗어난 존재는 때로 공포나 호기심, 두려움의 대상이 된
다. 뭔가 다른 것에 접해 그것을 '화제'에 올릴 때 우리들은 바로 그
존재에 대해 '제삼자' 위치에 있다. 그런 제삼자 위치에 있는 자들의
'화제'가 된다는 점 때문에 어머니는 불쌍해지는 것이 아닐까. 타자
라는 존재의 어떤 모습을 '화제' 차원에 놓는 일이 얼마나 교만한지
를 깨달았기 때문에 구와코는 '이제 그만해요'라고 말하고 여러 상
념을 각자의 침묵의 사유 쪽으로 돌리려 한 것이 아닐까.

　일찌기 오쿠노 다케오(奧野健男) 씨는 '나는 이노우에 야스시야말
로 이토 세이가 가면신사라고 부른 타입의 전형이 아닐까 생각한다.
아니, 이토 세이가 상정한 가면신사보다 더 깊은 곳의 가면신사가 아
닐까 생각한다'라고 지적한 적이 있다(『현대의 문학』 12에 실린 이노우
에 야스시 권말 작가론). '가면신사'란, 자기 내부의 '괴물'을 느끼는 문
학자나 '사회에 들여놓을 수 없는 사상이나 미의식을 가진 예술가'
가 그럼에도 불구하고 사회의 일원으로서의 책임이나 의무를 다한

　　　　　　　　　　　　　　　　　　　　　　　내 어머니의 연대기

다고 하는 '신사'의 '가면'을 쓰고 살아간다는 의미이다. 그들은 자신의 괴물성을 소설 세계에 위탁하는 형태로 자기 주장을 하는 것이다. 오쿠노 씨가 이노우에 야스시를 '더 깊은 층의 가면신사'라고 하는 이유는 이러하다. 이노우에 씨가 실생활에서 시민으로 또 가정을 가진 사람으로 건전하게 행동하는 단정한 신사이면서 ― 보통 가면신사 작가는 픽션인 소설 세계에서는 가면을 거칠게 떼어버리고 자기 내부의 괴물, 숨겨진 자신을 표출해가는 데 비해 ― '소설 속, 픽션 속이라도 쉽게 신사의 가면을 벗으려 하지 않는다'라는 점 때문이다. 그의 많은 작품에서 '작가의 내적 자아는 주의 깊게 몇 겹의 가면을 쓴 채로 있으며 조금도 자신을 드러내고 있지 않다'고 오쿠노 씨는 말한다.

그렇다면 표현자로서 살아간다는 것이 작품을 매개로 불특정 다수의 독자와 신적인 교류를 하는 것을 전제로 하는 이상, 소설이라는 장에서도 여러 겹의 가면을 계속 쓰고 있다는 것은 상당히 깊은 고독에 잠겨 있는 상황이라고 생각할 수밖에 없다.

그러나 인간은 고독 속에 자신을 감추고 침착한 가면신사로 살아간다 해도, 언젠가는 싫더라도 그 가면을 버려야 할 때가 온다. 루마니아의 사상가 E. M. 시오랑은 『탄생의 재난』에서 심술궂은 견해를 피력한다. "인간은 죽음을 수락하기는 하지만 죽음의 시기를 수락하지는 않는다. 언제 죽어도 좋다. 단, 반드시 죽어야 할 때는 빼고!"라고. 그렇다고는 해도 누구나 언젠가는 자신의 '죽음의 시기를 수락'하지 않을 수 없는 때가 찾아온다. 수락을 강요받을 때가……

『내 어머니의 연대기』 삼부작에서의 '나'는 시종일관 냉정하고 정확한 관찰자로서 이야기를 끌어가고 있는 듯하다. '나'는 노년의 종점으로 다가가고 있는 어머니 인생의 이런저런 일들을 돌아보고, 만개한 벚꽃 아래에서 '살아가는 동안 매일 인간의 어깨 위에 아무도 모르게 내려앉는 먼지, 어머니는 그런 것들의 무게를 느끼는 게 아닐까' 하는 생각에 잠긴다. 그렇게 한 여자의 일생의 의미를 생각하면서 사고를 긴장시킬 때조차도 남동생이 '나'를 재촉하자 '자신의 상념을 뒤로 한 채', 호텔 방으로 돌아가려고 벚나무 아래를 떠난다. '나'는 이렇듯 평정심을 잃지 않는 것이다(「꽃나무 아래에서」). 그렇다고 이 '나'는 단순한 방관자인가 하면 물론 그렇다고 할 수는 없다. 냉철하고 정확한 관찰자의 '가면' 속에 무엇이 있는지는 「꽃나무 아래에서」의 다음과 같은 몇 줄에 슬쩍 제시되어 있다.

나는 아버지가 돌아가시고 나서 내 죽음을 그리 멀지 않은

   내 어머니의 연대기

미래의 사건으로 생각하게 되었다. 하지만 어머니가 아직 건재
하셨으므로 죽음의 해면의 반은 어머니에 의해 막혀 있었고, 어
머니가 돌아가시고 나서야 나와 죽음 사이를 가로막던 막이 완
전히 사라질 터였다. 그때 죽음은 현재와는 또 다른 자유로운
흐름으로 내 앞에 나타날 것이다.

근본적인 모티프는 사실 여기에 있다. 사람이 늙어간다는 것은 무
엇인가. 나이 들어 서서히 혹은 급격히 머리가 흐릿해져간다는 것은
어떤 일인가. 이 세상에 태어나서 일하고 결혼해서 아이를 낳아 기르
고 부부가 서로 사랑하고 다투기도 하고, 자식들도 한 명씩 세상으로
나가면서 곁을 떠나간다. 이윽고 오랜 세월을 함께 한 동반자가 죽
고, 그후엔 자신의 몸 하나를 어떻게 해야 하는가라는 과제만이 남는
다. 그때가 되어 치매가 찾아와버리면 더 이상 자신의 의지력은 믿을
수 없게 되고, 언동 하나하나가 거의 의식 이전의 상태로 돌아가버린
것처럼 보인다. 당사자인 어머니나 주위의 가족에게 갖가지 해석을
붙여보아도 결국 도달하는 곳은 '당사자인 할머니에게 물어보는 것
이외에는' 알 수 없는 일이 되어버린다. 그런 어머니의 치매가 일으
키는 여러 현상을 바라보며 어머니가 살아간 인생의 총체를 깊

이 생각하다, 결국에는 죽음에 감싸인 어머니의 '얼음처럼 차가운' 얼굴을, 손을 만진다. 그곳에 작가의, 즉 '나'의 어머니에 대한 깊은 애정이 담겨 있다는 것은 두말할 나위가 없다. 「설면」은 화장터에서 태워진 어머니의 뼛조각을 담은 항아리를 무릎 위에 놓은 '나'가 '어머니는 길고 격렬한 전투를 혼자서 치르고 싸움이 다 끝난 뒤 몇 개의 뼛조각이 되어버렸다'고 생각하는 것으로 완결돼 있다. 어머니에 대한 진혼의 마음이 깊고 조용히 담겨 있다.

「달빛」이 발표되었을 때, 『군상』의 창작합평에서 사사키 기이치(佐佐木基一)씨가 이런 감상을 밝혔다.

이 소설을 읽고 생각했는데, 이것은 어머니에 대해 썼으나 사실 진짜 목적은 자기 노년에 대한 성찰이고 그것이 어머니를 거울 삼아 표현된 것 같았습니다. 그러니까 이것은 상당히 정리가 된 후에 쓰인 것이라고 생각해요. 불필요한 것은 깎아내고 필요한 것만을 꺼내서 여러 가지를 자기 문제로 표출하고 있다는 느낌이 들었습니다. 어머니에 대해 쓴 것만으로는 소설이 될 수 없어요.

   내 어머니의 연대기

작품의 표층에서 '나'는 분명 평온하고 정확한 노년을 상세히 관찰하는 사람이며 화자임에 틀림없다. 하지만 그 '가면' 속으로 한발 들어가 본다면, 노쇠해진 나머지 죽음으로 다가가는 어머니 모습, 즉 덧없다고, 불쌍하거나 어린 소녀 같다고, 혹은 처량하다고도 할 수 있는 이 노년의 모습을 '거울'로 삼아, 이제는 노년이나 죽음으로부터 자신을 보호해줄 사람이 없어지고 '죽음의 해면'과 정면으로 대면할 수밖에 없는 입장에 가까워진 자신의 노년을 감당하려는 데 작가의 근본 동기가 있었다고 생각하게 된다.

아마도 모든 독자가 무의식중에 숨을 멈출 정도로 감동에 빨려 들어갈 만한 부분을 인용해보겠다. 「달빛」의 마지막 환상이다.

나는 스물셋의 젊은 어머니가 아기인 나를 찾아 헤매며 심야의 달빛이 쏟아지는 길을 걷는 그림을 눈 속에 그리고 있었다. 내 눈 속에는 또 하나의 그림이 있었다. 그것은 환갑을 넘은 내가 여든다섯 살의 늙은 어머니를 찾아 같은 길을 걷는 그림이었다. 한 장은 차가운 무언가에 젖어서 빛나고, 다른 한 장에는 무언가 황량함이 찍혀 있었다. 그러나 이 두 장의 그림은 곧 내 눈꺼풀 위에서 겹쳐 한 장이 되었다. 거기에는 아기인 나도 있었고 스물세 살의 어머니도 있었다. 예순세 살의 나도 있고 여든 다섯 살의 노파 얼굴을 한 어머니도 있었다. 메이지 40년(1907)과 쇼와 44년(1969)이 겹치고 그 사이의 60년 세월이 달빛 속으로 수렴되어 확산되고 있었다. 차가움도 황량함도 하나가 되어 날카로운 달빛이 모두를 꿰뚫고 있다.

어머니와 자식 사이에 얽힌 애정의 깊이는 이별의 한없는 애절함을 낳는다. 달빛이 비치는 가운데 어머니와 자식이 서로를 찾아 헤매는 모습은, 처량함이 던지는 미와 슬픔을 참아내며 읽는 이의 가슴에 잊을 수 없는 이미지를 새길 것이다.

이노우에 야스시는 마이니치신문 학예부 기자 시절 자료실에 파묻혀 지내며 쌓은 풍부한 지식을 바탕으로 다수의 역사, 종교, 미술 소설을 집필했다. 그는 죽음을 앞두고, 자신이 죽은 후 30년이 지나도 사람들의 마음에 남을 작품으로 『시로밤바』와 『공자』, 그리고 『내 어머니의 연대기』를 꼽았다고 한다. 40세 나이에 쓴 소설 「투우」로 아쿠타가와 상을 수상하고 후에 노벨상 후보로도 거론되었던 이노우에 야스시가 자신의 방대한 작품들 중에서 『내 어머니의 연대기』를 주목한 이유는 '어머니'와 '노년'이라는 시대를 뛰어넘는 보편적 테마에 있을 것이다.

본 번역에는 고단샤 문고판(1977)에 근거한 고단샤 문예문고판 (1997)을 사용하였다. 1975년에 고단샤에서 출간된 단행본 『내 어머니의 연대기』에는 『꽃나무 아래에서(花の下)』, 『설면(雪の面)』, 『달 빛(月の光)』 세 편만이 수록되어 있으나, 문고판에는 이와 함께 『묘 지와 새우감자(墓地とえび芋)』가 포함되어 있다. 이는 『내 어머니의 연대기』 삼부작과 마찬가지로 자전적인 소설이며 죽음에 대한 문제 를 다루고 있다는 관련성, 그리고 문고판화에 따른 분량 문제 때문 인 것으로 보인다.

정신적으로 쇠약해져가는 노년의 어머니를 둘러싸고 가족들은 어머니의 기억이 어디로 향하고 있는가에 대해 대화를 나눈다. 가 까운 과거부터 순차적으로 지워지는 것인지, 괴로워 잊고 싶던 부분 을 먼저 지워가는 것인지를 서로 이야기해보지만 상실된 기억의 궤 적과 그 규칙을 추적하는 것은 기억의 생성 과정을 쫓는 것 이상으 로 난해하다.

기억은 자기동일성을 구축하는 중요한 기반이다. 기억이 상실된 치매 노인의 노년은 근대성의 논리가 추구하는 자기동일성을 상실 한 부유하는 시간으로 보인다. 그곳에는 자식들이 이제까지 만나온,

　　　　　　　　　　　　　　내 어머니의 연대기

기억의 배열을 공유할 수 있는 어머니가 아니라, 집에 들어오지 않는 아이를 찾아 나선 젊은 어머니처럼 환한 달빛이 비추는 길을 헤매는 혼돈 속의 여성이 있다. 하지만 그것은 실재하는 삶의 시간이며, 기억의 소멸이 가져오는 것은 생의 부정이 아닌 분신과도 같은 새로운 존재성이다. 이노우에가 그리는 여성은 많은 경우 교양이 있고 우아한, 이상화된 여성상이라는 지적을 받는데 『내 어머니의 연대기』의 어머니도 조용하고 심지가 굳으면서도 때로는 토라지는 소녀 같은 감성을 지니고 있다.

노년의 문제를 담담하게 그려내는 이 자전적 소설에는 통곡하는 비통함만이 슬픔의 표출 방식은 아니듯 조용한 침묵과 담담한 시선으로 표출되는 아픔이 그려진다. 기억의 축적으로서의 시간들이 사라진 후의 여백과도 같은 공간에 덩그러니 서 있는 어머니의 모습을 바라보는 가족들의 시선은 따뜻하다. 치매 노인이 있는 가정에서 현실적으로 겪게 되는 혼돈과 상처가 이 소설에서는 담담한 시선으로 표백되어 있다. 과거의 시간을 공유했다는 이유로 누군가를 규정해버리거나 무언가를 강요하거나 기대하지 않고, 새로운 분신으로 받아들이는 것. 이는 흔들리는 기

억의 문제로 아픔을 겪는 이들이 현재의 시간을 공유하고 견뎌
내는 하나의 방식일 것이다.

2012년 4월

이선윤